가슴 두근게는 좋은 일안
2018 여름

이병률

이
병
률
대
화
집

안으로 멀리 뛰기 이병률 대화집

ⓒ 이병률, 2016

초판 1쇄 발행 2016년 8월 8일
초판 14쇄 발행 2016년 8월 31일

지은이 이병률

펴낸이, 편집인 윤동희

디자인 정승현
풍경 사진 이병률
인물 사진 이관형, 어반라이크, 강희갑, 김규현
표지 사진 Will van Wingerden(www.unsplash.com)
제작처 새한문화사(인쇄), 한승지류유통(종이)

펴낸곳 (주)북노마드
출판등록 2011년 12월 28일 제406-2011-000152호

주소 04003 서울시 마포구 월드컵로 12길 45(서교동 474-8) 2층
전화 02-322-2905
팩스 02-326-2905

전자우편 booknomadbooks@gmail.com
페이스북 /booknomad
인스타그램 @booknomadbooks
트위터 @booknomadbooks

ISBN 979-11-86561-30-0 03810

www.booknomad.co.kr

일러두기

- 이 대화집은 2015년 여름부터 2016년 여름까지, 글을 쓰고 글을 좋아하는, 책을 만들고 책을 좋아하는, 그 글과 책이 우리의
  약한 부분을 메꿔준다고 믿는, 결핍이 있는 사람을 좋아하는, 세상의 작고 미세하고 섬세한 것을 내 편이라고 생각하는
  두 사람의 대화를 모았습니다. 서울 광화문의 어느 카페에서, 서울 서촌의 작은 갤러리에서, 이병률 시인의 제주 작업실에서,
  홍대 앞 카페에서, 그리고 책을 만드는 북노마드 사무실에서…… 시간과 장소에 따라 대화는 달랐고, 그래서 좋았습니다.

- 단행본은 『 』, 단편소설·시 등은 「 」, 잡지·신문은 《 》, 영화·곡명·방송 프로그램 등은 〈 〉로 묶어 표기했습니다. 질문과 대답에
  나오는 시는 모두 이병률 시인의 시집(『눈사람 여관』 『찬란』 『바람의 사생활』 『당신은 어딘가로 가려 한다』)에서 가져온 것입니다.

이병률 대화집

안으로 멀리 뛰기

북노마드

이 '떠듦'이 살아온 시간에 대한 변명은
아닌가 하여 오래 출간을 망설였다.
언젠가 당신과 더 가까운 이야기를 하기 위해
지금의 이 기록을 제출한다.

묻고,

윤동희

1999년부터 2007년까지 《월간미술》에서 미술기자로,
안그라픽스에서 책을 만들었습니다.
2007년부터 북노마드 대표로 책을 만들고 있습니다.
틈틈이 미술에 대한 글을 쓰고 강의를 하고 있습니다.

바람을 녹음해 돌아온 이병률의 글은 저에게 세계의 껍질이자 내부였습니다.
어떤 글은 나를 원점으로 되돌리고, 또 어떤 글은 나를 저 너머로 이끌었습니다.
그것이 무엇이든 먹고 사는 일에 다짐 따위 하지 않는 용기를 얻었습니다.

출판그룹 문학동네에서 함께 책을 만들며 독자에서 '후배'로 인연을 맺었습니다.
그렇게 그의 옆에 있는 사람이 되고 싶어 대화를 청했습니다.

『안으로 멀리 뛰기』는 그의 첫번째 대화집(인터뷰집)입니다. 평소 그의 글을
흠모해온, 그의 책을 애독해온, 곁에서 후배로 함께 책을 만들어온 제가
질문하고 그가 답했습니다. 2015년 늦여름에 첫 대화를 시작해 이듬해 늦여름에
책이 나올 때까지 우리 둘은 조금 더 가까워졌습니다. 설명할 수 없는 것들에
미련을 붙잡지 않고, 가급적 모두가 고개를 끄덕일 수 있는 대화를 모았습니다.
시집과 산문집 사이, 바람만이 알 수 있을 것 같은 그의 목소리를 당신에게
들려주고 싶었습니다.

답하다.

이병률

하고 싶은 일은 많은데…… 라며 아직 하지 못한 일들을 돌아봅니다.
시를 쓰고 여행을 하고 방황을 일삼고 살고 있지만
오래 방송 일을 했으며, 출판 일을 한 지도 어느덧 10년이 되었습니다.

섬을 좋아합니다. 이건 확실합니다.
고기보다는 물고기를 많이, 먹으려고 합니다. 이것도 확실합니다.
사람이 사람을 좋아하게 만든 건, 매일매일 일어나는 기적이라고 믿습니다.
이것이 나의 종교입니다.

이 책은 그냥 망연히 떠든 형태여서 좀 심하게 멍청하다 싶은 부분도 있습니다.
하지만 그게 이병률입니다. 글은 가면을 가지기 쉽지만,
실제의 나는 나에 관한 한 많이 말해버리거나, 다 말해버리는 사람이니까요.
어떤 '폭발'인지도 모르겠습니다.

두근거리는 일, 벅찬 일들은 모두 안으려고 합니다.
껴안지 않으면 그것은 놓쳐버리는 일일 테니까요.

윤동희 대표의 물음은 즐거웠습니다.
살아온 일과 살아갈 일들이 뭉쳐지고 버무려지는 바람에 조금 힘들었으며
그 바람에 어떻게 살아갈 거라는 것도 어렴풋이 알게 되어 또 울컥.

시작하며

그냥 만나고 싶었습니다. 사실, 이런 바람은 저만의 것은 아닐 것입니다.
다행히 저는 책을 만드는 사람이라는 이유로 만남을 청할 수 있었습니다.
물론 얼마나 머뭇거렸는지 당신은 모를 겁니다. 우선 그와 함께한 시간이
터무니없이 적다는 생각이 저를 망설이게 했습니다. 오래오래 쌓아온
기억이 조금씩 섞이면서 대화의 맛을 조리할 자신이 없었습니다.
게다가 저는 그처럼 무언가를 '글'로 남겨본 경험이 없는 사람입니다.
어쩌다 간혹 미술에 대한 생각을 글로 옮겨 푼돈을 벌었을 뿐,
생각을 버르고 느낌을 간직하여 종이라는 물질에 소복이 새겨본
경험이 없습니다. 그래도 이것만은 분명했습니다. 그냥 이야기를 듣고
싶었습니다. 그의 시집에 추천사를 헌사해준 소설가 김훈의 말처럼
'그의 마음이 작동하는 모습을 그려내는' 대화집을 만들고 싶었습니다.
물론 저는 '시를 쓸 수 없으므로 보통말로' 묻고 옮겨야 했습니다.
시에 대하여, 여행에 대하여, 글을 쓴다는 것에 대하여, 그리고 책을
만드는 것에 대하여……. 그의 '번지는 말들이 다시 깊이 스미고,
삶과 마음이 포개지는'(김훈) 자리가 되면 좋겠다는 생각뿐이었습니다.
다행히 그는 언젠가 "이야기에 약하다"고 고백한 적이 있었습니다.
"이야기에 무너진다"는 그에게 '이야기'를 꺼내기 위하여 '이야기'를
청해야겠다고 생각했습니다. 이 대화집은 시인 이병률의 '사생활'을
엿보고, 엿듣는 기록입니다. 그래서 결국 만났습니다. 대화를
나누었습니다. 다정한 시간이 오고 갔습니다.

여름에서 가을로 바뀌는 길목에 여행과 시에 대해
대화를 나누게 되었습니다.

우리가 책을 만드는 파주출판도시는 계절을 많이 느낄 수 있는
곳이죠. 자유로를 오가다보면 그때그때의 진한 계절이 보여요.
꽃이 피고 지고, 잎이 맺히고 떨어지는 게 다르다는 걸 알 수
있어요. 바깥은 풍성하지만 저는 여름에는 아무것도 안 해요.
아니 뇌가 쪼그라드는 기분이라서 못하는 거죠. 여름이란 계절에
아무리 맞추려고 애를 써도 뇌가 작동하지 않아서요. 글도 거의
안 써요. 뭔가 해야 할 게 있는데 그걸 못하니까 어떤……
불안의 밀도가 높아져요.

팔월과 구월 사이, 그러니까 늦여름과 초가을 사이, 저는 밤마다
노천카페를 찾아요. 커피를 마시건, 맥주를 마시건, 뭐라도 해요.
가을을 보내는 작가님만의 방법이 있으세요?

술을 자주, 먹어요. 어떤 감정이 좀 시작되는…… 어떤 기온이
느껴지겠죠? 연애하고 싶은 감정? 가을엔 제 감정이 아주
시끄러워지는 계절이기도 해요. 그 시끄러운 걸 자주 붙들어
앉히지만 그렇다고 잡히지도 않죠.

술을 많이 드시는 편이세요.

술을 마시면 웬만한 상황들이 좋아지죠. 많이 마시지만 많이
마시더라도 취하지는 않아요. 조금 마셔서 취하는 경우도 있는
것처럼, 아직까지는 술의 양에 따른 큰 차이가 없어요. 술을 마시면

어떻게든 바뀌거나 변하는 사람도 있지만, 나는 술을 마시면
인간적으로 바뀌는 것 같아서 그냥 그 순간을 즐기죠. 술 먹고
난 후에 나빠지는 사람은 본성이 안 좋은 사람이라고 믿어요.
난 다행히 그런 쪽 사람은 아닌 걸 확인하는 걸 즐기는 편이라고
할까요. 이병률이라는 애주가는 변호를 이런 식으로 하네요. (웃음)

주량은 어느 정도세요.

술의 양도 많고, 안주도 많이 먹고, 물도 많이 마시고 그래요.
술을 마시고 싶지 않을 때는 마시는 척만 하구요. 마시고 싶으면
계속 마십니다. 자리에 따라 10시간 넘게 마시는 적도 종종
있어요. 정신력을 안주 삼아서. (웃음) 소주 한 잔에 취하는
방식도 있잖아요. 혼자서는 절대 마시지 않으려고 하구. 그렇게
술독에 빠지지 않으려고 객관적인 거리를 두다 보니 그제서야
보이더라구요. 아, 사람이구나. 사람을 좋아해서 술을 마시는구나.
혼자 잘 사는 척하지만 결국 사람 옆에 있으려고 그러는구나, 하는
나를 멀찌감치 들여다보게 되더라구요.

술버릇 같은 게 있을까요? 술주정 같은 거요.

이상하게 술 마시면 술 마신 티를 내지 않으려고 해요. 나를
붙드는 뭔가가 있는 거예요. 평소 긴장을 놓지 않으면서 사는
편이라면, 술을 마시면서도 그래요.
　　　술버릇이 있다면 집에 가는 길에 좀 걷는 편인데 꽃을
꺾어요. 꽃이 피는 계절에는 그렇죠. 그래서 가방 밑에는 꽃잎
마른 것들이 수두룩. (웃음)

의외의 술버릇인데요? 저녁 어스름 축대 밑으로
늘어진 꽃가지를 꺾는(「저녁의 운명」) 모습이 그려집니다.

이제는 아무도 꽃 꺾는 일을 하지 않는 시대 같아요.
그게 아름다운 일이란 걸 모르는 것도 같아요. 아니면……
누군가는 옳지 못한 행동이라고도 하겠지요.

작가님 글에는 약간의 취기가 오른 듯한
연애감정이 묻어 있어요. 누구를 보고 설렌다거나,
사랑에 빠지는 특정 순간을 포착한 듯한 느낌.

누구를 좋아해야 그것도 가능해요. 누구를 좋아하는 감정이
있으면 모든 일이 잘돼요. 신명이 실려 있다고 할까요. 몸에, 정신에
리듬 같은 것도 흐르겠죠. 누군가를 좋아하는 마음이 있어서,
그래서 약간 발그레해진 상태라면 어떤 글도 잘 써질 거예요.
좋은 연상, 좋은 비유, 좋은 메시지까지도 담긴 글을 쓸 수 있겠죠.

연애가 마냥 좋은 것만은 아니잖아요. '인간의 불빛을
의지 않겠다고 마음 다잡'는 날이 늘 반복되는걸요.

마냥 좋은 게 아니니까, 그저 마음에만 두는 것도 괜찮죠.
누군가에게 잘해주고 싶은 그런 마음도 연애라고 생각해요.
이성한테만 국한된 게 아니라 그냥 나하고의 시간이 필요한
사람하고 함께하면서 서로 주고받는 것.
　　　　나만 주는 게 아니거든요, 관계란……. 분명히 거꾸로
오는 것도, 그쪽으로부터 들이닥치는 것도 많아요.

주변에 나를 필요로 하는 사람이 있을 때 그 사람한테
최선을 다하세요? 사실, 피곤할 때도 있잖아요.

무조건 최선을 다하지는 않아요. 어느 정도, 서로 작은 고리가
맞아들어야, 뭔가 팽팽해져야 시작되는 거잖아요. 나를 필요로
한다고 해서 내 감정을 퍼부어서는 안 되죠. 몇 번 그런 적이
있어서요. 그 최선이 그 사람이 원하는 최선인가…… 할 때.

사람을 좋아하는 것도 타고난 재능일까요?
이병률이라는 사람하고 가까워지려면 어떻게 해야 하지요?

사람은 기타하고도 같아요. 사람마다 줄이 몇 개 있습니다.
그 줄을 아래서부터 긁어서 퉁길까요. 하나하나 퉁길까요.
만나는 동안 음에 따라 박자에 따라 그 사람이 보이겠죠.
그러면서 끌리느냐, 안 끌리느냐의 흐름이 자연스럽게 연결되죠.
　　　　그다음은 조각입니다. 사람을 만나는 일은 조각하는
일과도 맞먹지 않나요. 돌을 조각할 것인지, 나무를 조각할 것인지,
아니면 큰 비누를 조각할 것인지를 정해야지요. 물론 기타 소리를
들은 다음에 가능한 순서일 겁니다. 누구랑 가까워지는 일은,
사랑을 하는 일과 다르지 않잖아요. 알게 되고 알아가고 일체감을
느끼고 익숙해지고 하는 것, 이 모든 걸 어떻게 예술이 아니라고
말할 수 있을까요. 제 입장에서 보면 기타 줄이 괜찮은 소리를
내는지, 조각하고 싶은 여지가 있는지가 그 사람하고 친해지고
안 친해지고 여부가 결정되는 듯해요.

이병률하고 친해지는 방법에 대해서는 대답하지 않으셨어요.

저하고 친해지려면 무언가를 요구하세요. 할 수 있는 한 하려고 합니다.
그게 뭐든 '멋진 거'라면, '특이한 거'라면 또 '인간적인 거'라면요.

의도를 갖고 다가오는 사람도 있을까요. 예를 들면
어떤 식으로든 관계가 오래 지속 가능하지 않은 사람이요.
그래서 나를 닫아걸게 하는 사람이요.

안 좋은 쪽으로 다가온다기보다는 만나다가 좋지 않은 쪽으로
노선을 정하는 사람이 있는 거겠죠. '이용'이라는 말을 쓰고 싶지는
않은데 그것도 나쁘지 않습니다. 이용해서 얻을 게 있는 사람이라면
그래도 나는 괜찮은 상태에 있는 사람인 거죠. 사람한테는, 엄청난 악과
간사함도 있을 수 있다고 생각합니다. 이제 나는, 그 부분을 모르는
사람이 아니고 그 부분을 거르지 못하는 사람도 아닙니다.
그런 일을 겪으면 가방 하나를 잃어버린 것처럼 오래 마음이 안 좋죠.
하지만 그 정도가 다예요. 그 사람과 내가 친구가 될 수 없는 것이고,
내 노력과 그 사람의 노력의 입자나 방향성이 다른 정도인 거죠.

많은 관계가 가능하지만, 관계들이 정리되기도 합니다.

그 사람한테서 느끼는 피로감이 제일 그 사람을 안 보게 하는
일이지요. 자기만 생각하는 사람도 피로감을 주고, 내 집이 빌 때
누군가를 도와주고 싶은 마음으로 집을 빌려줬는데 하나도
안 치우고 몸만 빠져나가는 사람도 피로감을 주고, 별로 마음을
안 열었는데 무례한 질문을 하는 사람도 그렇구요.

무례한 질문이라면……?

무슨 차를 타는지, 집의 평수를 묻기도 하구요. 처음 본
출판사 기획자라는 사람이었는데, 그러기에 얼른 일어나서
집에 왔어요. 결혼 했냐, 그럼 왜 결혼하지 않느냐고 묻는
사람은 너무 많아서 이제 그걸 예의 밖이라고 생각하는 자체가
정신병자인 거죠? (웃음)

제가 아는 범위 안에서는, 결혼과 어울리지 않는
몇 안 되는 분이세요.

음…… 어느 어르신은 결혼한 아들 부부한테 이렇게 말했대요.
"신혼여행은 일 년 뒤에 가도록 해라. 사람들이 가서 늘 자는
곳에서 자지 말고 살림을 차리는 그곳에서 신성하게 첫날을
보내고 다음날 아침밥을 같이 지어서 먹어라. 그게 얼마나 다른
것인지 알기 위해 남들 다 가는 신혼여행은 조금 참아라. 그다음
흠뻑 살다 흠뻑 여행을 가라." 결혼이 얼마나 우리가 생각하는
것과 다른 것인지를 말해주는 부분이죠.

그렇담 난 그렇게 말할까요. "결혼 대신 같이 살아라.
그 대신 가능하면 헤어져 있어라. 같이 잠드는 날이 있으면 같이
잠드는 날이 없다는 걸 알게 하라. 더듬을 사람이 옆에 없는 것이다.
그러다 보고 싶을 때는 사력을 다해 만나라. 참고 참았다가
내 옷에 단추가 떨어졌으니 달아 달라고 말할 기회를 만들라.
늘 먹는 밥이 아니라 가끔 함께 지어 먹는 밥이 얼마나 고단한
상대를 위로하는지를 알게 하라. 풍경을 봐라. 일부러 풍경을
보지 않아도 저절로 풍경이 보이는 순간이 함께 올 것이다"

라고요. 결혼은 흡입이되 한껏 흡입할 수 없는 상태가 되어야
해요. 넘치다가 익숙해져서 헤어질 일이 생긴다면 비참할 대로
비참한 일이죠. 늘 비치던 곳에 빛이 비치는 게 아니라 뜻밖에
의외의 곳에서 아주 밝게 빛이 들면 이거다 싶어 하면서 저도
결혼하겠지요. 창틀에 앉은 습기, 지워지지 않는 냄비의 얼룩이나
탁자 주변에 뒹구는 상대방의 오래된 메모, 버리지 않아서 쌓인
병들이 받아내는 햇빛 같은 익숙한 것들이 우리를 살아 있게도
하면서, 사랑할 수 있는 상태를 만들어주죠. 매일 매일 만나고
매일 매일 같이 살고 하는 것보다는 어쩌면 별 거 아닌 일상의
순간순간이, 요소요소가 우리가 사랑하는 데 도움을 주죠.

친구들을 자주 집으로 부르세요?
집이 굉장히 깨끗할 것 같아요.

깨끗한 건 정말 좋아합니다. 하지만 깨끗하게 치우면서 사는
정도는 아닙니다. 시간을 쪼개서 겨우 겨우 모면하는 정도입니다.
먼지는 없는 편이지만 정리 정돈이 어려워요. 어떤 때는
지나다니는 길만 겨우 나 있는 경우가 있어요. 옷더미, 책더미,
상자더미 등등. 그땐 뭔가를 할 때죠. 정신없이 일이고 약속이고
연달아 있는 시기여서 분주한 때인데 연쇄적으로 도저히
정리 정돈이 어려울 땐 간신히 부모님 손길을 빌립니다.
식물이 꽤 많은 편이라 식물 관리도 해야 하니까요.
        친구들은 자주 부르는 편입니다. 누군가 도와주는 사람이
있다면 더 자주 부르고 싶죠. 친구들을 불러서 같이 있고 싶은
마음에 여행지에서 그릇을 사는 것 같아요. 술잔도 사고.
여행하면서의 허기 같은 것들이 친구들을 그리워하게 하죠.

돌아가면 곧 좋아하는 친구들을 불러야지, 따뜻한 밥을
먹여야지…… 자주 생각하는 편이라서요.

바쁘시죠? 찾는 분들이 많으시잖아요.

저는 '바쁘다'는 말을 내 입으로 하지 않는 편이에요.
그런 말이 갖고 있는 '피곤함'이나 '피로감'이 싫어요.
그냥 내가 이렇게 태어났는데, 이렇게 분주하거나 번잡하도록
태어났는데 바쁘고 말고가 무슨 상관이에요.

그래도 많은 일이 산재해 있는 편이잖아요.
그럴 때 하고 싶은 건 어떻게 하세요?

갈등을 껴안고 있으면 아프잖아요. 힘들고. 이게 뭔가 싶기도
하고. 욕망도 내 것이고, 해야 할 일도 내 것이었어요. 잘 합치고
잘 비비고 또 잘 분리해야죠. 일을 하다가도 전력을 다해
시詩로 돌아가려고 애썼고, 다시 일로 돌아갈 때는 그만큼의
힘이 필요했겠죠. 나는 하고 싶은 것만 하면서 살겠다는
중심을 가지고 살고 있지만, 결국 그럴 수는 없어요.
그럴 수 없다면 안배해야죠.

그럼에도 불구하고 절대적으로 바쁜 시간이 있지 않으세요?
가령 책을 출간한 후라던가…….

『내 옆에 있는 사람』을 내자마자 한 달간 잠수한 적이 있어요.
책을 몇 권 내본 사람이니까 바쁠 걸 알잖아요. 그리고 뭔가를

조금이라도 했으니 이젠 숨을 차례라고 생각하는 거죠. 그래서 몇 개월 전에 하나하나 일정을 닫아요. 출간 이후에는 '잠적' 수준으로 어디 가 있겠다고 계획을 세우는 거죠. 아무도 안 찾겠지만 그냥 혼자 그래보는 거예요.(웃음) 보통 때도 한 달에 1~2주는 통째로 비워요. 미리, 아무 일정도 잡지 않고 이 기간에는 무엇을 하고, 무엇을 하지 않고, 하는 것을 3개월 전에 머릿속으로 준비해두려고 하는 편이에요.

쉬는 데도 계획이 필요한 거네요. '일하러 나가면서 절반의 나를 집에 놔두고 간다' '집에 있으면서 절반의 나를 내보'(「생활에게」)내는 것처럼요. '반죽만큼 절반을 뚝 떼어내 살다 보면 나는 어디에 있는 것이 아니라 어느 곳에도 없'는 존재가 될 수 있을 것 같아요.

나를 위한 어떤 쉼일 수도 있고, 통째로 시를 쓰거나 시를 생각하는 시간일 수도 있으니까요. 누구와 곧 연애를 시작하게 될지도 모르는 두근거림, 그런 걸 준비하는 기분이랑 비슷할 수도 있겠네요. 바쁜 일 역시 대부분은 꼬리에 꼬리를 무는 법이니까요. 미리 어느 부분에서는 불들이 옮겨 붙지 않게 휴게선이나 분계선을 만드는 거죠.

좋아하는 기준이 변해요.

아주 조금씩.

그러다 확실히 변하기도 하죠.

책을 내고 난 후의 기분이 있을 것 같아요. 그것이 시집이냐,
여행 산문집이냐에 따라서 또 다를 것 같고요.

    잘 모르겠어요. 시집이건, 여행 산문집이건 둘 다 '털어냈다'는
    후련한 기분은 든 적이 없어요. 책이 나와서 두근거린다는 마음도,
    이 책은 어떨까, 라는 예감도 없어요. 체한 듯한 느낌은 있어요.
    누구는 뿌듯하기도 할 테고 스스로 대견하기도 할 텐데.
        글 작업하는 시간이 좀더 있었으면 이 책은 어떻게 다른
    형태로 나왔을까, 지금이 좋은 때일까…… 그런 마음. 보통은
    6개월 혹은 1년 전에 어떤 책을 내야지라고 정하고, 그 시간을
    지키려 해요. 그러다가 책을 낸 후에 '과연……'이라는 질문 하나가
    툭 던져지면 불쑥 부끄럽고, 딴 데를 보게도 되고 그러는 거죠.

이 책도 같은 운명이겠죠. 나는 나여서 불편한 사람
(「진동하는 사람」), 내 책이어서 불편한 그런 것.
작가님도 그런 느낌을 받는다는 게 이상해요. 내 손을 떠난,
그래서 어느 시간 바깥의 일로 여겨지는 건가요?

    왜요? 그런 생각 참 많이 하는데. 그래서 책을 보내드리는 분들의
    숫자가 굉장히 적어요. 나의 근황을 선배들에게, 후배들에게
    인사하는 차원에서 보내지만요.
        그나마 자위하는 건 앞을 보면서 살아야 하는 사람이니까,
    새로운 글을 쓰기 위해서는 쓴 글은 어떻게든 잊는 게 나으니까……
    그러면서 출간된 책을 들추는 일을 안 하고 사는 편이기도 하고요.

황현산 선생님은 『말과 시간의 깊이』라는 비평집을 내면서
'내가 쓴 글들이 남이 쓴 글처럼 보일 때까지 기다려왔다'고
고백하셨더라구요. 그분 말씀처럼 한 줌의 행복을 말하기 위해서도,
한 뼘의 희망을 말하기 위해서도, 자신의 비루함과 무능함을
어쩔 수 없이 먼저 확인해야 하는 일이 글쓰기인지 모르겠어요.
다른 이야기를 해볼게요. 작가님께 사람을 대하는 법을 배우곤 합니다.
마종기 선생님과 허수경 선생님처럼 윗분들을 대하는 것과 후배들을
대할 때는 좀 다를지도 모르겠다는 생각이 들어요.

　　　　마음은 같아요. 좋아하는 마음. 좋아하는 마음이 우선이에요.
　　　　그 사람이 누구든, 첫 만남은 늘 어렵지요. 그런데 확실히 어른을
　　　　어려워하지 않는 게 있어요. 어려워하지 않으면 충분히 얻는 거,
　　　　배우는 게 있어서라고 생각해서겠죠.

어쩌면 문학을 하는 사람들 사이의 본질적인 감정일지도 모른다는
생각이 듭니다. 문학인의 DNA가 있다는 느낌을 받아요.

　　　　샘이 많죠. 비릿비릿하구요. 자기 바깥에 있는 많은 것들을 의식해요.
　　　　1등이어야 한다는 강박도 있고요. 그러면서도 자유롭고 인간적인
　　　　사람들이죠. 그렇다고 다른 사람들과 굉장히 다르다는 얘기는
　　　　아니에요. 결국 사람이잖아요. 다만 그 개개인의 색깔의 농도가
　　　　다른 사람들에 비해 좀 진하다고 할까요.

젊은 친구들로부터 꿈에 대한 질문…… 많이 받으시죠?

　　　　한 젊은 친구가 불어를 배우고 있댔어요. 불어, 어렵죠? 그랬더니

아니요, 라고 대답하는. 어느 갤러리에서 인턴으로 일할
예정이라는데 하나도 가슴 뛰질 않는다네요. 이야기를 조금
해보니 자신은 예술이 뭔지 모른대요. 그래서 제가 그랬습니다.
그 일을 얼마나 하게 될지는 모르지만 그 일을 하고 나면 조금은
알게 되지 않을까요, 했어요. 글쎄, 그럴까요, 라고 대답을 하네요.
조금 놀랐어요. 하나도 두근거림이 없는 상태의 그 친구가요.
예술은, 자기하고 닮은 것을 찾는 일이고 동시에 자기하고
다른 것을 받아들이는 일이기도 하다고 말했어요. 예술가인
남자친구를 만나 보라고도 말했어요.

누군가가 좋아지고 그 사람에게 뭔가를 먹이고 싶은 마음이
들고 그래서 요리를 하고 싶다는 강한 충동이 인다면 그것이 바로
예술이라고. 예술은 그냥 사랑의 감정이랑 비슷한 거예요.

여기까지 말하다가 그 친구가 그렇게 동감하는 눈빛이
아니더군요. 그때 생각했지요. 그 친구가 불어를 하나도 어렵지
않게 생각하는 거나, 내가 예술에 대해 조금은 일방적으로 쏟아
붓는 것은 어쩌면 평행선상에 따로 위치하고 있는 거라는 걸요.

꿈에 대한 답변은 선명한 것일수록 할 말이 많지요.
꿈이 없는 것이 젊은 세대의 특성이기도 하니까요. 꿈이 없는
세대한테 꿈이 왜 없냐고 묻는 것도 폭력이에요.

**저처럼 책을 만들고, 글을 쓰며 살고 싶어 하는
후배에게는 무슨 말씀을 해주세요?**

그런 얘기를 어떻게 할 수 있나요. 어떻게 살라고 말할 순 없는
거예요. 라면 말고 밥 먹어, 소주 말고 맥주 마셔 따위는 해줄 수
있겠죠. 굳이 뭐가 좋다고 하는 게 아니라 분위기에 따라

형이랍시고 하는 말 같은 거요. 늦은 밤, 걸어가지 말고 택시 타고
가라…… 말끝은 흐리지 말고 매듭짓는 습관을 들여라.
그치만 삶이란 건 그런 게 아니잖아요. 그건 어느 정도 결정된
거니까요. 예술가의 길이란 어느 정도 결정되어 있어요.
굳이 하나를 얘기하자면, 큰 '결핍'을 만나지 못한 사람은 문학을
통해 도달할 수 있는 지점이 굉장히 멀리 있다는 거예요.
문학을 시작하더라도 끊임없는 결핍과 실패와 좌절과 무시,
열패감. 그 속에 있어야 하고 그걸 계속 겪어야 해요. 적당한
정도로나마 마이너리티적인 성향이나 또 고생스러운 것을 몸으로
또 정신적으로 겪었으면 합니다. 거기에 재능이 있고, 노력까지
한다면 당연히 어떤 결과물이 나오겠죠. 분출하듯이.

그럼에도 불구하고 우리는 어떤 풍요로움을 갈망하잖아요.
그 풍요로움이 사실 행복한 거잖아요.

풍요로움이라는 게 불편함이 없는 거라고 한다면 저는 풍요로운
사람이에요. 좋아하는 사람에게 음식을 대접할 수 있고,
어디론가 숨거나 떠나고 싶을 때 지갑 하나, 여권 하나 들고
갈 수 있으니까요. 사람의 풍요로움도 있어요. 시간이 없어 자주
만나지 못하지만 틈틈이 생각하는 사람들.
            저는 가족과 굉장히 멀리 지내려 해요. 일부러, 물리적으로,
멀리……. 모든 부모가 그렇겠지만, 제 부모님은 유독 정이 많으세요.
세심하세요. 그것이 내가 가는 길에 도움이 되지 않는다는 생각에
가족한테 살갑게 굴지를 않아요. 하지만 아무리 멀리 떨어져
있어도 교감이나 감정은 당연히 있죠. 달착지근한 것들로 채워져
있으면 글이 쓰일까…… 싶어서 가족으로부터 거리를 두지만

따뜻한 건 찾게 되니까, 본능적으로 다른 개념의 가족을 만들면서 사는 사람이기도 해요. 조금은 스님 같기도 적잖이 수도사 같기도 한 상태. 그 정도만으로도 풍요롭지요.

『내 옆에 있는 사람』을 읽으면서 '좋은 눈빛을 가진 사람이 되어야 한다'는 문장을 오래 음미했습니다. 그렇게 살고 싶다는 소망이 생겼어요. 어떤 눈빛을 가진 사람으로 남고 싶으세요?

기억에 남고 싶은 사람 따위의 바람은 없어요. 눈빛이 이상한 사람, 속이 하나가 아닐 것 같은 눈빛을 가진 사람이라는 소리를 들어본 적도 있거든요. 그런 얘기를 들어도 아무렇지 않아요. 사람들은 늙는다는 것에 대한 책임, 자기가 좋아하는 것을 잊지 않는 무언가가 눈빛에 드러난다고 말해요. 그건 비과학적인 얘기잖아요. 이치에 맞지 않는다는 생각에 그 문장을 빼려고 했었어요. 하지만 그 말의 의미는 우리가 알고, 또 충분히 전해지잖아요. 삶이 어떻게 흘러갈지 모르지만, 그런 개념을 안고 사느냐 그렇지 않느냐에 따라 삶이 달라질 거라고 생각해요.
눈빛이 살아 있는 사람…… 그런 사람 있거든요. 욕망이 가득할 수도 있고, 열망이나 열정이 가득할 수도 있고, 나이 지긋한 분인데 아이 같은 눈빛을 가진 분도 있구요.
구체적으로 어떤 눈빛을 가지고 살겠다는 생각보다는 '좋은 눈빛을 가진 사람이 세상에는 있지' 하는 정도만 아는 사람? 그런 사람이면 되겠네요.

주변에 가까운 분들 가운데 뭔가, 표현하고 싶은 눈빛을 가진 분들이 계시나요?

음악 하는 '요조'의 눈빛이 좋지 않아요?

어떤 눈빛일까요?

설레죠. 말을 걸면 톡 터질 것 같은……. 자기 안에 있는 게
툭 터져서 쏟아질 것 같은 눈빛.

'시를 쓸 때 몸에 어떤 물질이 생겨난다'는 문장도 잊히지 않아요.
그 물질이라는 게 대체 뭘까요?

그런 게 있어요. 정말로, 진짜로. 그런 생각을 종종 해요.
내가 좋아하는 허수경 시인도 그런 게 있을까, 김사인 시인도
있을까, 장석남 시인도 있을까? 세상에, 시라는 것에 조도照度가
있다면 어두울 거예요. 뚝뚝뚝 떨어지는 슬픔과 비애가 있어요.
'물질'이거나 '감정'이라는 건 그것을 구성하는 요소가 어떤 물기를
띠고 있다는 말이에요. 그게 몸 안에, 뇌리에 받아들여지면서
시의 행보에 관여한다고 생각해요. 지포라이터에 기름을 넣는
것과 같다고 할까요. 유리솜이 젖은 상태에서 불이 붙는 거잖아요.
메마른 상태에서 글을 쓸 수 있을까, 라는 질문을 던지곤 하는데,
문장에 불을 붙이더라도 촉촉한 상태에서 글을 쓰려고 해요.
제 글에 물기가 묻어 있는 느낌이 든다면 기름이기도 할 거예요.

눅눅하고 젖어 있는.

그거예요. 늘 젖어 있기 위해 준비하는 사람인지도 몰라요.
'제습기' 역할을 하는 캐릭터의 사람하고 멀찌감치 떨어져 있는.

정말 제습기처럼 그런 젖은 상태를 싫어하는 사람도 있잖아요.

있어요. 내가 먼저 알아보고 나를 안 보여주게 되는 그런 사람.
바꿔 말하자면 나를 내보이면 나를 싫어할 것만 같은 사람.
노력해도 가까워질 일이 없는 거죠. 내 입장에서는 그 사람 옆에
있으면 말라버릴 것 같으니까요.
　　　다른 사람은 분명히 있지요. 닮아지려고 애를 써도
닮아지지 않는 사람이 있듯이요.

노력해도 가까워질 일 없는 사람들에게 애써 노력해왔으니
힘들었던 거네요. 그동안 제가……. 불필요한 부위를 영원히 떼어낸
듯한 기분이에요. 시를 쓰고 싶어 하는 분들이 많으세요.
'시적詩的인 것과 또 덜 충분히 시적인 것'을 구별하는 게 있다고
쓰셨는데 그게 과연 무엇일까요?

이게 중요하지 않을까 싶은데요. 시를 처음 쓰는 사람은 자기가
써내려간 것이 시적이라고 생각하기 전에, 그것이 시로 가려면
얼마나 그 '거리'가 멀리 떨어져 있는지를 아는 것. 이렇게 다급한
세상에 시란 다분히 정신적인 거예요. 감정적이고 감성적인 것을
몇 단계 넘어서 겨우 도달하는 정신적이면서 미학적인 거예요.
우리가 '시'라고 부르는 모든 것 안에 그런 미세한 차이이면서
동시에 엄청난 차이가 존재해요.
　　　그 길로 가는 과정은 즐겁지만 힘들고, 고통스럽지만
희열이 함께하는 길이죠.

작가님한테 시적인 건 어떤 건가요.
어떤 계열이 있을 듯해요.

굳이 시집으로 예를 들어야 한다면 선명해요. '창작과비평',
'문학과지성사'의 시집을 읽으며 성장했으니까요. 창비, 문지
시집을 보면서 시의 윤곽을 정했으니 그 계열이겠죠.
      계열과 성향을 두 출판사에서 나온 시집에 국한지어
분류할 수는 없지만 그 영향 속에서 시인이 되려고 했고,
1990년대 시문학의 '르네상스 시대'를 여전히 염두에 두고도
있으니까요. 제 위아래 십년 터울 있는 선후배 모두 다르지는
않을 거예요.

그 시집을 처음 접했을 때가 언제였나요?
어떤 계기가 있었나요?

서울 성일중학교 3학년 재학 때였어요. 당시 나의 '여신'이었던
사회 과목을 가르치시던 김인혜 선생님이 오규원 시인의 『사랑의
기교』라는 시집을 선물해주셨어요. 6월 25일이었어요. 학교에서
〈반공 웅변대회〉가 열렸는데, 뙤약볕 아래 운동장에 앉아서
듣는 둥 마는 둥하고 있었어요. 그런데 누가 저를 툭툭 쳐서
고개를 돌리니 선생님께서 시집 한 권을 주고 쓱 가시는 거예요.
책에 선생님 사인도 있었죠. 낮인데 하늘에서 별이 쏟아져
내렸어요. 그 시집을 열심히, 열심히, 열심히 읽었어요.
4년 뒤, 그분이 제 스승이 되셨어요. 오규원 시인이 시를 가르치는
서울예대에 들어갔으니까요.

운명이네요.

운명······ 저는 있다고 생각해요. 저는 그런 게······ 운명 같은 게,
참 많은 사람이에요. 그 운명의 조각조각들로 이루어진 사람요.

첫 여행 산문집 제목처럼요? 끌림.
사람을 끄는 힘을 가진 시인이자 여행자.

그건 좋게 하는 말씀이구요. 어떤 때는 누가 다가오더라도
놓치기도 하는데요. 어떤 때는 무조건 아무도 만나지 않을 거야,
라고 분명히 선을 긋는 사람이기도 하구요.
　　　　어느 시기의 나는 모든 것이 골고루 채워져요. 바쁘게
무언가를 하고 있어요. 그런데 그 와중에 아주 조그만 결핍이
사라지질 않을 때도 있어요. 그걸 나는 알죠. 그 결핍조차도
바로 내 것이니까. 그 0.1밀리그램의 결핍을 채우기 위해서도
사람한테 과감히 손을 뻗어서 다가가는 때도 있기는 해요.

사람한테 다정하지만, 동시에 까칠하다고 쓰셨어요.

사람을 대할 때 취향을 숨기지 못해요. 다분히 다정한 사람이지만
나름의 성격이 있다는 것의 증명이랄까요.(웃음) 그래도 결핍이
있는 사람은 좋아요. 내가 좋아하고, 얘기를 나누고 싶어 하는
사람은 결핍이 많은 사람이에요.

『내 옆에 있는 사람』에서 작가님이 여행중에 만난 사람들도
그런 존재 같아요. 뭔가 사람이라고 글자를 치면 자꾸 삶이라는
오타가 되는 것(「면면」) 같은.

오래 기억에 남는 사람들은 늘 그랬어요. 아주 외진 시골마을에
강의를 다녀온 적이 있어요. 몸과 마음이 불편한 분들이 모여
사는 공동체 같은 곳이었어요. 난 그분들을 힐링 차원에서 도움을
준다고 가지만 막상 가보면 그분들이 제 말을 알아듣지 못하는
거예요. 장애가 심한 분들이죠. 아무리 무슨 무슨 행사라고는
해도 내 입장에서는 거의 역할이 없는 거죠. 그런데도 그곳에
가는 게 좋은 거예요. 갈 때마다 꼭 한 사람씩 기억에 남구요.
　　작년 여름에도 그런 곳에 갔는데, 한 사람이 눈에
들어왔어요. 그곳에 머물면서 1년 동안 사람들하고 눈을
마주치지도 않고, 자기 이름도 얘기하지 않는 것으로 유명한
청년이었어요. 그 누구도 그 청년의 목소리를 들은 적이 없다고
했어요. 그런데 그날 이상한 예감이 드는 거예요. 오늘 나는
저 사람의 목소리를 듣겠구나! 15분 정도 이런저런 순서를
진행하다가 어느 순간 내가 그 청년한테 뭔가를 툭 물었는데,
그 사람이 자기도 모르게 대답을 해버린 거예요. 그것도
긴 문장으로요. 모두 다 그 사람의 목소리를 처음 들은 거죠.
순간 정적. 모두 놀랐어요.

맞아요. 그런 힘이 있으세요.

힘이 있다는 건 과한 얘기구요. 사람들은 알아요. 누가 자기한테
관심이 있다는 걸. 어느 정도의 관심이면 마음을 열지 않는데,

시간이 흘러도 관심의 무게가 사라지지 않으면 마음이 흔들려요.
시간이 흘러…… 자신이 정한 온도에 도달했다고 여겨지면
온도계가 마음을 여는 거예요. 우리처럼 글 쓰고, 책 만드는
사람들은 '사람'이 생명이잖아요. 그러니까 저는 사람의 마음을
여는 데 관심이 조금, 있는 사람 정도로 할게요.

말하고 싶었는데 하지 못하는 이야기,
나조차 몰랐던 이야기를 끄집어내는 능력이 있으세요.

처음 보는 사람도 자기 얘기를 쏟아내거나 마음을 잘 여는
편이에요. 듣기 힘든 정도의 분량으로 쏟아내는 경우도
있어요. 듣는 자세가 좋은가요? (웃음) 이건 다른 능력이겠는데,
텔레비전에 나오는 사람도 '저 사람, 만나고 싶다, 대화하고 싶다,
소주 한 잔 마시고 싶다'고 마음먹으면 절반은 만날 기회가 있어요.
'만날 사람은 언젠가 만나게 된다'는 말은 참 말 같지도 않은
말이라고 인정하면서도 나는 어떻게든, 어느 세상에서든 우연히
만나, 소주를 나눠 마시게 되더라고요. 꿈처럼 말이죠.

최근엔 그게 누구였어요?

'에피톤 프로젝트'요.

사람을 읽는 재주가 있으세요.

이게 대답이 될 수 있을지 모르겠는데 공기는 읽어요.
낯선 도시의 공기 앞에서 내가 이 공기를 받아들일 수 있는지,

잘 섞이는지 중요하지요. 그게 안 되면 나머지 음식, 거리,
사람 모두가 나랑 맞지 않을 거라는 걸 예감하게 되잖아요.
사람들 속에 있으면 '아, 이 공기는 나를 편하게 하는구나'
'아 이 공기는 나를 불편하게 하는구나'를 얼른 알아채는 정도지요.
그 공기 앞에서 내가 취하는 행동이나 표정도 중요할걸요.
좋지 않은 쪽으로 흐르는 것을 굳이 지속할 필요는 없으니까요.
공기를 읽지 못하는 사람 주변엔 사람이 있을 수가 없어요. 영어와
불어 단어 가운데 'atmosphere'라는 말이 있는데 공기라는 뜻에
영향력, 분위기, 압력 등의 뜻을 담은 말이에요. 서양 사람한테는
심할 정도로 중요하게 쓰이는 단어 같더군요.

　　　사람을 읽을 수 있냐는 질문에는 그 사람이 조금이라도
좋아지는 순간, 호감이 생기는 순간이라고 답할 수 있겠는데 그런
경우 그 사람을 읽는 건 그리 어려운 일이 아니에요, 나는.

왜 그런 재주가 있는 걸까요?

　　　읽고 싶은 마음이 생겨요. 그런 순간이 갑자기 와요. 노력해도
절대 안 보이는 사람도 있어요. 얼마 전에는 불쑥 친구 어머니가
아프신 것 같다고, 병원에 모시고 가봐야 하지 않겠냐고……
건강해보였거든요. 근데 6개월 뒤에 입원하시고 한 달 만에
돌아가셨어요.

섬세한 사람은 섬세하지 않은 사람이 폭력적으로
느껴질 때가 있을 듯해요. 섬세한 사람의 기준으로 보면
많은 사람들이 실망스럽지요.

제가 가끔 가는 목욕탕이 있습니다. 목욕을 좋아하진 않지만 가끔은 훌러덩 벗는 것은 좋아해서 가끔 갑니다. 그 집에 '세심洗心'이라는 붓글씨의 한자가 액자에 걸려 있는데, 전 가끔 그 목욕탕에 한자로 써놓은 액자 속 글씨를 읽을 때마다 자주 울컥합니다. '마음까지 씻고 가라니……' 그렇게 훌륭한 진리 앞에서 자주 날 바라보게 되지만 어쩌면 결국 진리의 하위에 머물며 살게 되는 게 인간의 숙명이라는 생각도 하게 합니다.

또 목욕을 하면서 자주 하는 생각인데 더러운 것을 씻어내는 게 아니라 세상의 기준에 따라 맞춰 사는 느낌도 들지요. 혼자 지내는 시간이 많으면 우리가 이렇게 자주 씻고 이렇게 자주 거울을 볼까 싶어서요. 15년 전만 해도 우리가 이렇게 자주 씻었나요? 30년 전만 해도 우리가 이렇게 많이 먹었나요? 자주 씻고 많이 먹어서 지금 우리가 행복한가요?

사람을 만나도 헛헛한 기분이 들 때가 있습니다.

누군가 나에게 물어요. 취미가 뭐냐고요. 난 대답 대신 가만히 있죠! 그러면 그쪽에서 '예를 들어 책 읽는 걸 좋아한다거나 영화 보거나 음악 듣는 걸 좋아한다든지 그런 거 없느냐'고 다시, 묻습니다. 난 슬쩍 소리를 높입니다. "그런 것들은 그냥 하고 사는 것들 아닌가요?"

취미라는 말이 싫었던 것 같아요. 취미를 묻지 말고 다르게 묻는 법도 있지요. 뻔하게 묻지 말았으면 하는 거예요. 뻔하게 말하면 뻔하게 살아지잖아요. 예를 들어 "음식을 만드는 걸 좋아해요, 음식 먹는 걸 좋아해요?" 이렇게 묻습니다. 이 정도로 질문이 좋으면 나 같은 경우, "둘 다 좋아하죠"라고 마음을 열게

되는 겁니다. 취미라는 말은 없어진 것 같아요. 우린 뭐든
하거든요. 취미 없는 자체도 취미일 수 있고요.

우린 누구나 '혼자 있는 시간과의 싸움'에서 뭔가를 하면서
살고 있는데 질문은 그냥 단순하기만 한 거예요. '쉬는 날엔
뭐하느냐'고 물어오면 하나 둘을 대답할 테고, 그렇다면
'쉬는 날엔 매번 그 똑같은 일을 해야 하니?' 싶은 거죠. 질문은
결국 그 사람이 누군지를 말해주는 것 같아요.

스마트폰 영향인지는 몰라도 요즘 사람들은 도무지
사람을 만나고 있지 않다는 느낌이 들어요. 만나지 않기 때문에
만날 줄을 모릅니다. 만나지 않기 때문에 만나더라도 얼마 안 가
헤어지고 맙니다.

이탈리아 패션 그룹 토즈Tod's의 디에고 델라 발레 회장도 어느
인터뷰에서 "스마트폰과 인터넷 때문에 세상이 많이 바뀌었지만,
과연 그 덕에 우리가 더 나은 세상으로 나아가고 있는 건지
잘 모르겠다"고 했습니다. 그의 회사는 지금도 900명의 장인이
가죽을 손질하고 잘라내고 바느질할 구멍을 뚫고 실로 꿰매는
모든 과정을 손[手]으로 한다고 하더군요. 그의 말처럼 지금 우리는
"인터넷 언어엔 능한데, 그만큼 인간 본연의 언어는 잃고 있는"지도
모릅니다. 손으로 무언가를 만지고 느끼는 것, 땀 흘려 무언가를
만드는 것, 사람들과 함께 밥을 먹는 것…… 진짜 언어를 놓치고
살면서 기계에 의존해 똑똑한 척 산다고 할까요.

안 좋은 예를 들게요. 자기만의 스토리가 없는 사람은 만나고
십분 만에 지루해지죠. 자기만의 색깔이 없는 사람도 그렇겠죠.
당장 그 자리에서 일어나고 싶어서 힘든 경우가 많지만 언제까지

참을 수 있을지 참아보는 거죠. 나도 누군가 앞에선 그런
사람인 적 있었을 테니까…… 그러면서요.

새로운 창을 보여주거나, 낯선 벽이더라도 바라볼만한 벽,
하다못해 단어 하나라도 나한테 번지는 그런 사람이면
내 동공이 커지겠지요? 아마도.
그래도 그 힘겨운 자리에 앉아 있을 수 있는 건 그런 사람들을
지나고 나서야 좋은 사람도 만나게 된다는 것 때문이에요. 확률을
조이는 거죠.

아, 그리고 그런 느낌도 지나가더군요. 단어가 짧은
사람은 결국 매력이 없구나…… 단어 역시도 그 사람의 호감도를
결정하는구나…… 그런 생각들이요.

누구였어요?

독자들이었어요. 글을 쓰고 싶어 하는…….

글을 쓰고 싶어 하는 사람들이 자주 노크를 해올 것 같습니다.

글을 쓰지 않아도 될 사람들이 글을 쓰고 싶다고 찾아올 때 가장
안타깝습니다. 어떤 식으로든 도태를 겪을 거라 생각되어서죠.
하지만 그 반대의 경우도 있어요. 글을 써도 될 것 같은
사람들을 많이 만나게 된다는 겁니다. 그 사람들은 자기가 글을
써도 될지를 전혀 모르는 사람인 거죠.
글을 쓴다고 저를 찾아오지만 글을 쓰기엔 너무 천성이
밝은 사람도, 글 쓰는 일을 화려하게만 보는 사람도, 열정이
굉장해서 만나보면 결과적으로는 자기를 어필하는 일에만 능한

사람들도 만나죠…… 근데 저 참 까칠하죠?

안 그렇다고는 볼 수 없지요. 작가님은…… (웃음)

까칠함 같은 건 사람을 좋아하는 제가 사람을 밀어내기 위한
도구가 되었어요. 그 많은 사람들을 다 만나고 살 수는 없을
테니까요. 내 까칠함으로 물러나는 사람이 있다면 어느 정도
성공인 거죠.
　　　이병률이란 사람의 인간성은 어떨까 궁금해 하죠.
내가 따뜻한 사람일 거라는 막무가내의 상상, 기대…… 독자들이
나를 보는 시선일 겁니다. 그런 것들이 저는 싫습니다. 실제로
내가 따뜻한 사람이더라도 책 바깥의 일방적인 요구 같은 것들이
힘들더군요. 무조건 나에게 기대거나, 무조건 나를 만나 위로
받으려 하거나, 뭔가를 받아내려고 하는 사람도 있습니다.
하지만 나라는 사람은 인간성을 향해 가는 사람이 아니라 인간을
'파헤치는' 사람이에요. 무엇보다, 누구보다, 나한테, 사람한테
독해야 하는 사람요.

온기를 유지하다 다치는 일도 많으시죠?
최근 사람 때문에 마음이 아팠던 적은 없으세요?

모든 사람한테, 나 자신이 좋은 사람이 되고 싶은 욕심은 추호도
없어요. 다만 모든 사람하고 관계가 안 좋은 사람은 되고 싶지
않아요. 내가 제일 무서워하는 사람은 모든 사람하고 사이가
틀어지고 안 좋아지고 하는 사람인데, 그러다 결국 친구가 없는
사람인데, 그 사람한테 왜 그랬냐고 그 이유를 물으면 왜 그런지

모르겠대요. 이유는 알지도 못한다면서 다른 사람만 욕하거나
서운해 하죠. 하지만 시간이 지나고 나면 나하고도 좋지 않은
쪽으로 흐르게 되죠. 지금까지 그 사람이 그래 왔으니
그 순서는 자연스럽게 그렇게 되죠.
　　　인간관계는 최소한 어떤 책임이 뒤따르잖아요.
저 사람은 나를 어떻게 생각할까, 하는 최소한의 '생각'이 관계를
붙들어매 주잖아요. 그게 중요하지 않은 사람, 있더라구요.
　　　금방 잊어버리자 했는데 꽤 오래 마음이 아프네요.

**사람한테 상처 받으면서도 사람들 가운데서
살아가려는 노력이 보입니다.**

　　　맛있는 요리를 하려면 적어도 스무 가지 재료를 가지고 요리해야
하는데, 우리 부엌에는 그 스무 가지가 없기 쉽죠. 그래서
'MSG'라는 게 있겠지만. (웃음) 나는 불완전체이니까 다른 사람을
만나 완성 가까이로 가려는 노력을 해요. 나는 빈 상태이고
불완전한 상태라는 걸 인정하지요. 계속 부딪히고 계속 가야죠.
새가 멀리 날 수 있는 건 가방이 없어서이기도 하잖아요.

사람이 다 좋을 수는 없어요. 이 생각은 진리다 싶습니다만…….

　　　상대방을 헤아리지 않습니다. 남의 이야기를 듣기도 전에
결론을 내려버립니다. 혼자 진도가 나가 있어요.
물론 저도 그런 사람이에요.
　　　식물을 잘 기르지 못하고 죽이는 것도 그 영향 아래
있습니다. 그 사람은 어쩌면 온실에서 자랐으니까요. 자급한 적이

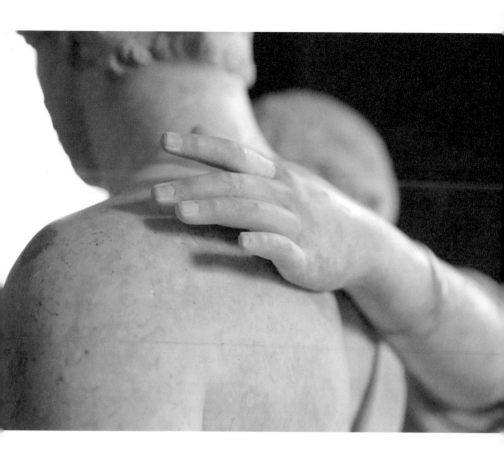

없습니다. 하찮게 물을 줘서 기르고 그것을 먹은 적이 없는 사람입니다. 생존하려고 한 적이 없으니 남의 마음도 쉽게 여깁니다. 보통 이상의 경우라면 생존하려고가 아니라 즐기려고도 물을 줍니다. 자신이 기른 것을 수확해서 먹는 일은 즐거우니까요. 그런 사람일수록 여행하면서 숙소를 안 좋게 써요. 누가 치우겠지 하는 맘도 가지지 않은 채 어지르고 있어요. 휴지 뽑아 쓰듯이 수건을 쓰거나, 빈 방에 에어컨 마음대로 틀어 놓고 나갔다 옵니다. 그게 습관이란 말로도 요약되겠는데 몸에 밴 것을 돌아보면 내가 누구인지 보인다 그 말입니다. 내 몸에 이기利己를 가득 채워놓고 있으면 다른 사람을 받아들이지를 못해요. 다른 사람을 받아들이지 못하는 데서 그치는 게 아니라 사람다움을 느낄 수조차 없는 딱딱한 막대 상태가 돼요.

조금만 권한이 생기거나, 조금만 자리를 차지하게 되면 굉장한 사람이 된 것처럼 착각을 하면서 살죠.

일이나 관계에서 사람을 처음 만나면 많이 어려운 사람이 있잖아요. 가까이 하기 어렵다거나 하는.

눈치를 보는 건 스스로를 낮출 준비가 된 거예요. 그보다는 자기를 조금 높여야죠. 하지만 다른 의미의 눈치도 있지요. 공기를 읽거나 공기를 보는 것. 겉돌지 않으면서 그 공기에 잘 비벼질 준비가 되는 것. 그 정도는 정말 필요하면서도 중요하고 말구요.

구체적으로 말씀해주신다면요.

나의 경우, 서랍이 있느냐, 서랍이 없느냐를 따집니다.
서랍이 있는 사람은 여유가 있어요. 살아온 과정이 단순하지만은
않았고 자기 자신도 잘 가꾼 사람이겠지요. 서랍이 없는 사람은……
예를 들어 이런 사람입니다. 최근에 만난 한 여성입니다. 엄청난
연봉을 받고 외국에서 디자이너로 지냈대요.
유명 디자이너의 수석 디자이너쯤 되는. 대화할 줄을 몰라서 정말
놀랐습니다. 자기애는 강한데, 결국 강해서 그런지 사람 관계에
흥미가 없는 사람이라는 게 몇 분 만에 드러나더군요. 그 사람은
물어보나마나 친구가 없어요. 누가 옆에 있을 필요가 없는 거죠.
그 여성은 자기 관리에 능했고 완벽한 삶을 꾸려왔는지는
모르지만 세상의 모든 인간적인 일에 관심은커녕 눈길도 주지
않는 사람이었어요. 특히나 인간의 온기에 대해서는 절벽이었는데,
누구를 사랑한 적도 없겠다 싶은 사람. 그런 확신이 들더군요.
그래서 그런 말은 했어요. "당신은 얼마나 외로울까요?"라고.
그랬더니 그러더군요. 지금까지 외로웠으니 앞으로도 외로울 각오가
돼 있다구요. 외로워서 곧 죽어버릴 것 같다는 사람이 그런 말을……
정말 충격적인 인물이었습니다. 나이 오십도 되지도 않아서
이제는 일을 하지 않아도 될 만큼 벌어놓은 사람 같았는데.
　　어디서부터 잘못된 걸까요. 왜 그렇게 치우쳐 지내야만
했을까요. 자기 자신을 사랑하는 것도 중요하고, 자기 실력도
중요합니다. 사람을 알아가겠다는 최소한의 의지조차 없는
사람이라면, 자신이 인간이라는 그 사실을 잊는다는 건,
그건 비극이지요.

인간적으로 살고 싶어요.

인간적으로 살고 싶은 욕구가 있다는 건

인간이 되는 과정에 있는 것이라고 생각해요.

좋은 사람으로 사는 건 관심 없는데

인간적으로 사는 거에 비중은 많이 둡니다.

'돈' 얘기를 해볼게요. 우리가 '목숨 걸고 자본주의의 풍경이 되는 일
(「저녁 풍경 너머 풍경」)'에 대해서요. 돈과 무관한 삶을 살 나이가
아니니까요. 상당히 중요한 물질이기도 하구요. 「파도」라는
시에서 '생활이 말이 아니어서 미안하다 아니 생활을 넘지 못해
미안하다'는 구절에 얼마나 마음이 아팠는지요. '축구를 응원하러
대인파가 모인 시청 앞 광장 보기에도 충분히 허름한 부부'처럼
너무 작아 바스라질 것 같은, 바깥을 서성이다 못해 밀리고 있는
사람들이 너무 많잖아요. 작가님도…… 돈을 의식하세요?

　　　　　物論 많이 의식해요. 한 친구가 트라우마가 있느냐고 묻는데 이게
트라우마일지는 모르겠지만, 어려서 넉넉한 형편이 아니어서
하고 싶은 것들을 많이 접은 것. 저에겐 그래요. 그림 공부를 일찍
접었고 음악도 관심이 많았는데 하질 못했죠. 근데 그냥 넘길 수
있는 문제가 아니라 사방이 막힌 것처럼 그랬어요. 비관적이고
어둡고 소극적이고…….
　　　　　파리에서의 생활을 더 지속할 수 없었고 그 이후 여행을
하는 데도 어렵더라고요. 성실하려고 애를 썼죠. 일 년의 절반은
일을 하고 그 돈을 모아 떠돈 거였으니까. 작은 누나가 항공사
직원이라 친구들까지 동원해 항공권 등등 도움을 많이 줬어요.
어려웠던 시절이 있었다는 게 그게 참 고맙지만, 그 열등한 인자는
아마도 유전이 될 정도로 강도가 셀 겁니다.(웃음)
　　　　　이제는 안 그래도 될 텐데 아직 나를 위해 쓰지는 못하고
있어요. 남을 위해 쓰는 게 아직은 더 편해요.

나에게, 나를 위해 돈을 쓰지 못하는 사람들이 많을 거예요.

그나마 저는 나은 편이죠. 누구보다 자주 항공권을 사는
사람이니까요. 그런데도 내가 정말 갖고 싶은 것 앞에서는 꾹
참아요. 이유는 모르겠어요. 대신 선배나 후배에게 밥을 사는
것으로 풀어요. 설렁탕 한 그릇이라도. 일종의 균형이라고 할까요.

어느 정도 어려운 시간이 지나고 지금은 자유로운 편인가요?

무서운 건, 아주 무서운 이야기는 자유를 얻는 데 필요한 게,
필수적인 게 겨우 '돈'이었다는 사실이에요. 작가 무라카미
하루키가 어느 인터뷰에서 "돈으로 자유가 보장되는 듯하다"고
말한 것 같은데 저도 그 말을 이해하는 데는 시간이 조금 걸렸지만
어느덧 알게 되었네요. 어떤 의미에서의 자유라는 개념의 속성은
하고 싶은 것을 할 수 있을 때 어느 정도 가능한 것이고,
동시에 하기 싫은 것을 하지 않을 수 있는 것을 의미하잖아요.
돈은, 그냥 물질이 아니라 세상을 건너는 다리가 되고,
도저히 닿을 수 없을 것 같은 지점에 닿을 수 있게 티켓 역할도
하고, 사람들 속으로 당당하게 외출할 수 있도록 어깨에
힘을 넣어주기도 해요.
나 혼자 단단하고 당당한 것만으로는 살아갈 수
없으니까요.

여행을 하다보면 다시는 오지 않을 것 같은 풍경이나 시간이 있잖아요.
중학교 3학년 때, 사회 선생님으로부터 오규원 시집을 받았을 때의
느낌 같은.

많죠. 얼마 전 다녀온 러시아에서도 그런 경험을 했어요.
러시아에서는 기차로 이동했어요. 그 안에서 친구들을 사귀었죠.
'통일'이라는 주제로, 한반도가 유라시아 대륙과 기차로 연결되는
염원을 담은 프로젝트였거든요. 대강…… 짐작이 가죠? 이런저런
사람들이 많이 갔어요. 대학생, 기자, 정치인……. 솔직히 좀
부대꼈어요. 가기 전부터 적응이 쉬울까 싶어 책을 한 아름
가져갔어요. 기차에서 책이나 보자 식이었죠.

어떤 책들이 선택되었을까요?

여행이니까 여행 에세이를 한 권 챙기고…… 아참, 북노마드에서
나온 『여행자』(후칭팡 지음, 이점숙 옮김)라는 책도 기차에서 잘
읽었어요. 아주 좋은 책이라 어딘가에 추천도 했어요. 『황석영의
한국 명단편 101』 세트도 작정하고 가져갔어요. 예전에 읽었던
소설이 많았지만 러시아를 횡단하는 기차에서 다시 읽자고 생각했죠.
그런데 이런…… 내게 감동을 주는 사람이 있는 거예요. 출발하면서
공항에서 제게 먼저 다가와 인사를 건넨 대학생이었어요.
이번 여행에 〈경상북도 실크로드 횡단 프로젝트〉 소속 청년탐사대
대장으로 왔다고, 문예창작과 4학년이라고, 제가 어디선가
강연할 때 온 적이 있다고. 조금은 건성으로 '아, 자주 봐요'라고
인사만 나눈 정도였어요. 물론 시를 전공한다는 말에는 눈이
번쩍했겠지요. 그런데 그 친구가 그러는 거예요. '기차에서

뭐 시키실 일 있으면 불러주세요!' 내가 시킬 위치에 있는 사람도
아니고, 시킬 일이 뭐가 있을까…… 하지만 어쩌다 그 친구 얘기를
기차에서 듣는데 눈물이 핑 도는 거예요. 〈사막 마라톤〉을
다섯 번이나 완주했다는 그 얘기에 그만……. 그게 눈물이 핑
돌만한 얘긴가요? 그래서 제가 물었어요.

- 42.195킬로미터?
- 아뇨. 사막 마라톤은 270킬로미터예요.
- 그걸 왜 했어?
- 저한테 작은 비밀이 있거든요. 중학교 시절, 학교에서 친구들과
  장난치다가 교실 유리창이 깨져서 한쪽 발이 이렇게,
  틀어져버렸어요. 자연히 다친 발이 제대로 자라지 못했죠.
  반대쪽 다리는 성장 억제 주사를 맞아야 했고요. 심지어
  평발이었거든요.

그 친구 얘기는 계속돼요. 이후 수술도 하고, 그래서 걷는 것은
불편하지 않게 되었는데, 어느 날 사막을 달리는 사람들이
있다는 걸 우연히 알게 된 거예요. 그때까지 한 번도 뛰어보지
않았던 사람이 〈사막 마라톤〉을 참가하겠다고 거리에서 모금을
해서 항공권을 끊고, 참가비를 내고, 사막을 달린 거예요.
그 얘기를 듣는데 괜히 눈물이 막 쏟아지는 거예요. 다리가 아프고,
평발이라면 어쩌면 그 반대를 선택해야 할 텐데, 이 청년은
왜 그걸 했을까, 왜 발이 부르트고 찢어지면서까지 그 고생을
했을까. 사막을 하루 이틀 달리는 것도 아닌데, 일주일이 걸리고,
열흘이 걸리는 그 일을 왜 했을까. 이런 생각이 밀려드는 거예요.
순간, 이런 생각이 들었어요. 내가 좀 잘해줘야겠구나. 그래서

기차에서도, 기차에서 내려서도 많은 시간을 함께했어요. 방송국
후배들과 함께 어울려 밥 먹고, 밤에는 술 마시고…… 생각해보세요.
러시아를 다니는 기차 안에서, 보드카를 얼마나 많이 마셨겠어요.
통일 메시지를 담은 유라시아 횡단열차 프로젝트의 명분은
창대했으나 밤에 밤기차에서 할 수 있는 거라곤……. (웃음)

**그 청년의 아름다움에 패배(敗北)한 거네요. 러시아의 기차 안에서 누구도
그 벼랑을 피하지 못했을 것입니다. 무엇보다 그곳에서는 취하지
않을 것 같아요.**

안 취해요. 대신 사람에 취했을지도 몰라요. 매일 새벽 4시까지
붙어 있는 거예요. 이런저런 얘기, 각자 사랑한 얘기도 하고,
많이 웃고, 정도 들고……. 기차 안, 두 평 남짓한 공간에서 넷이서
매일 밤 술을 마셨어요. 그건 가족 아닌가요? 맞아요. 가족이죠.
        아, 그 친구가 소설 쓰는 김연수 후배랑 굉장히 긴 여행을
한 적이 있다고 해서 같이 여행했다던 키르키즈스탄,
투르크메니스탄, 이란 등등의 얘기를 듣다가 더 친해졌군요.
윤승철이라는 친군데 『달리는 청춘의 시』라는 책도 내고
그 책에 김연수가 추천사도 쓰고 했다고…….

그 친구 역시 결핍이 있는……

결핍이 있으니까 절대 취직 같은 거 하지 않고 방랑하면서 살겠다고
선언을 했겠죠. (웃음) 의연하고 씩씩하고 감성적인. 스물일곱
살인데도 어른스러웠어요. 좋은 의미로 복잡하기도 한 친구였어요.
스물일곱 살에 의연하고, 저런 농담을 던지고, 저런 담대한 생각을

하고, 저런 철인 같은 능력을 가졌다니…… 결핍을 잘 통과한 사람 같아서 순간순간 감탄했어요. 일정 내내 모든 사람들이 그 친구를 불러요. '이것 좀 같이 할까?' '이것 좀 도와줘!' 이렇게.

작가님도 그러셨어요? 처음 생각하신 것과는 다르게요.

그럼요. 그 친구가 귀찮아 할 정도로요. 심지어는 그 친구한테 책을 내자고까지 했는걸요. 곧 달 출판사에서 책이 나와요. 저랑 같이 무인도를 여행한 『무인도에 갈 때 당신이 가져가야 할 것』이라는 책이에요. 무인도 여섯 군데가 등장하는데 태평양 한가운데 떠 있는 무인도 두 군데를 그 친구랑 함께 여행했어요.

이십대에 여행과 사랑은 꼭 해야 한다고 말씀하신 걸 들은 적이 있어요. 이십대의 이병률은 어떠셨어요?

못한 것도 많죠. 그래도 억울하지는 않아요. 이십대…… 그 시절에 잘 놀지 못했어요. 아니, 이상하게 노는 게 싫었어요. 쾌락, 유희를 좇아 무언가를 한다는 게 내가 할 일은 아닌 것 같았어요. 맥없이 수줍은 아이였고, 어느 정도 자폐를 동반한 청년이었으니까요.

주로 혼자 다니셨어요?

친구들은 있었죠. 친구들과 술을 마셨어요. 술을 마시면 이어지는 여러 가지 유희가 있었겠죠. 그런데 거의 하지 않았어요. 무엇이 쾌락이고, 무엇이 유희인지 되묻고 싶었던 시절이었어요. 나이트클럽? 놀이공원? 캠핑? 등산? 섹스? 거의 그런 것도 없었어요. 그러고 보니 그 시절의 나는 뭘 했지?

많은 프로필을 채우는 칸칸에, 일을 쉬지 않고 하셨나요.
아니면 자주 쉬기도 하고 했나요.

　　　돈이 없는 상태가 두려워서, 그건 십대 때도 이십대 때도
　　　마찬가지여서 그 상태만 되지 않으려고 의식하다 보니 계속
　　　일을 했어요. 주로 했던 일은 라디오 방송 일이었는데 18년가량
　　　했나요? 파리에서 2년 살다 돌아와서는 6개월 쉬고는 방송 일을
　　　다시 했어요. 돌아와서는 시만 쓰자고 작정했는데 배가 고팠어요.
　　　많이도. 일을 하면서도 여행을 길게 다니는 편이었고, 여행지에서
　　　원고를 보내곤 했어요. 원래 그렇게 하면 안 되는 거였는데
　　　서정적인 글을 써야 하는 밤 프로그램이라 가능했던 거겠죠.
　　　잘하려고만 했던 시간이 분명 있었어요. 눈치만 봤던 시간들도
　　　있었겠죠. 매순간마다 또 며칠씩 불안했던 적이 많았어요.
　　　두려웠던 건 '나는 어떻게 살까?' 하는 터질 것 같은 막막함
　　　때문에 오죽하면 그런 생각을 했을라고요. '사는 건 항상 이렇게
　　　무서운 걸까. 스무 살이 넘고 서른 살이 넘으면 그때는 무섭지
　　　않게 될까' 하고요. 그러고 보니 십대부터 삼십대까지 불안하고
　　　동거를 했었네요.

작가님에게도 잘하려고만 했던 시간이, 눈치만 봤던 시간들이
있었다니 위로가 됩니다. 라디오 작가 일을 오래 하셨어요.
18년 동안이나요?

그쯤 돼요. 어려서는 라디오만 듣는 아이였어요. 라디오 속으로
걸어 들어가고 싶었지요. 라디오만 있으면 잘 살겠다 싶었고요.
밥 먹는 일보다도 학교보다도 그 무엇보다도 라디오는 어린
나를 살아 있게 했어요. 라디오의 감수성이 나를 키웠다고도
할 수 있을 정도로요.

　　문예창작과 일 년 선배가 방송 일을 했었는데, 졸업 직후에
라디오국에서 아르바이트생을 구한다고 했어요. 음반 찾고 엽서
정리하고 하는 일이었죠. 근데 대뜸 디제이가 원고도 좀 써서
줄 수 있냐고 했어요. 그냥 막 신나서 했어요. 신이 나면서 즐기는
사람은 다르게 보이겠죠. 그러다 본격적으로 방송을 하게 된 건데,
텔레비전은 저랑 맞지 않는 게 그건 굉장히 많은 사람들이
움직여야 해요. 많은 사람들이 일을 한다는 건 준비하는 시간보다
기다려야 하는 시간이 많다는 거고…… 텔레비전이나 라디오가
공통의 매력을 갖고 있기는 한데 저는 보다 정적이고 섬세한 일이
맞는다 싶어서 라디오 일만 하게 되었어요. 신해철, 유희열, 이소라,
김광석, 김장훈, 타블로, 윤상 씨 같은 뮤지션과 일을 했어요.
시를 쓰는 나하고 일의 많은 부분이 얼추 잘 맞았겠죠.

　　포장마차에서 술을 마시고 있으면 옆자리에서 내가
만드는 라디오 프로그램을 화제로 올리는 시대가 있었는데,
책을 읽는 사람들이 줄어들고 있는 것처럼 라디오를 듣는 사람들도
줄어들고 있어요. 이상한 현상까진 아니겠지만 갑작스러운 감은
없지 않아 있는 거죠. 이렇게 되기까진 아주 오랜 시간이 걸릴 거라
생각했는데 굉장히 엄청난 속도로 페이지가 넘어가는 기분이에요.

라디오가 작가님한테 남겨준 건요?

　　　　4분짜리 예술의 형태가 우리가 '노래 한 곡'이라고 부르는
거잖아요. 어디로든 이동이 가능하고 심지어 우리 귀에 꽂으면
들을 수 있는 미학적이면서도 절대적인 장르예요.
　　　　우리 가요가 풍성했던 시대에 라디오를 들었고, 그렇게
라디오 일을 한 것은 행운이었어요. 우리 가요는 1980년대 말부터
시작으로 1990년대에 걸쳐서 제대로 무르익었어요. 저 역시
개인적으로는 그 시기가 중요한 시기였으니 고맙고 고맙죠.
우리 가요한테.
　　　　그러고 보니 시 역시도 마침 그때 나란히, 풍성했어요.
지금하고는 비교할 수 없을 정도로요. 그때가 우리나라의
'벨 에포크'였던 건가요?

맞아요. 저도 초등학교 때 라디오에서 처음 '들국화' '이광조'
'이문세'를 들었으니까요. 빠바바바바밤~ Franck Pourcel의 〈Adieu
Jolie Candy〉로 시작하는 〈이종환의 밤의 디스크쇼〉나 〈별이 빛나는
밤에〉는 사춘기를 치르는 하나의 의식이었으니까요. 저는 지금도
음악을, 일할 때는 LP로, 차에서는 CD로 들어요. 심야 라디오를
듣기 위해 일부러 자정 가까이 퇴근하기도 하구요. 그런데 방송
일에서 출판 일, 그 사이는 굉장히 멀리 떨어져 있는 분야 같아요.

　　　　하루 동안, 태양에서 살다가 달에 가서 잠을 자는 것 같았어요.
방송 글을 쓰는 건 태양에서 사는 거라고 하고 시를 쓰는 건
달에서의 삶이라고 가정해보죠. 거리가 꽤 되잖아요.
　　　　라디오 글을 쓴다는 것과 시를 쓴다는 것은 '태양과 달,

그 두 가지를 끌어안고 살아야 한다'라는 고통스러운 면이 있었어요. 라디오 글은 단어나 문장이 정확해야 하고 일상어 이상을 쓰면 안 되었죠. 하지만 시는 그렇지가 않아서, 제가 굴을 파고 들어가 앉아서 더 밑에 것을 길어 올리고 끌어올리는 일이잖아요.

더이상 두 가지 면을 동시에 품고 살아갈 수가 없다고 생각했어요. 내 시한테 미안한 일이잖아요.

후배 시인 김민정 편집자와 『끌림』을 같이 만들면서 '책 한 권 만드는 일이 참 괜찮은 일이구나' 싶었죠. 두근거리면서 힘들고, 모를 것 같으면서 행복을 건드리는. 새로운 일 앞에서는 늘 그런 편이지만 책 만드는 자격이 과연 나에게 있을까 싶었죠.

문학동네 입사 후에는 책을 읽을 기회가 눈만 뜨면 있고, 책을 읽는 사람도 많이 생각해야 하고, 책 만드는 고민도 해야 하고…… 그러다 일 년 만에 제 브랜드를 만든 것인데, 시작하면서 속으로 그랬어요. "멋있기도 할 테지만, 망하기도 할 거야." (웃음) 책상에만 앉아서 상상하는 일을 많이 하다가 결국은 이 길로 들어섰네요.

그러니까요. 놀랐을 거예요. 주변에서도.

요리를 하다가 문학을 한 사람 같은가요? (웃음) '학교'를 세우고 싶어요. 그럴 수 있다면. 그 학교는 요리학교와 문학학교가 결합된 형태예요. 둘 중 하나, 전공을 택하되 나머지 하나는 부전공이 되는 학교예요. 시 공부하면서는 음식 냄새를 절대 맡을 수 없을 테니까 환풍 시설이 잘 돼야겠지만. 공통점은 섬세함이겠지요, 감각일 수도 있겠지요. 그릇을 다루고 칼을 다루고 불을 다루는 일이 문학으로 가려는 길하고 절대 다르지 않습니다.

© 강희갑

단지 부엌이냐 책상 앞이냐의 차이죠. 더 잘할 수 있을 겁니다.
문학하려는 사람이 너무 문학에만 젖어 있는 것도 문제지요.
요즘처럼 받아들일 것이 풍부한 시대에. 자신의 이런저런 한계를
보고 자신의 재능을 이곳저곳에서 마주쳐야죠. 뭐든, 그것이
문학이든, 요리든. 저는 좋은 학생이면서 동시에 괜찮은 교장을
하겠어요. 둘 다 하려면 조금 바쁘겠지만.

요리하는 거, 사람에게 밥을 내어주는 일, 좋아하시죠.

음식을 만들 땐 동물적으로 해요. 동물적인 감각이 동원되지요.
요리를 하면서 사는 인생은 어떨까 싶었는데 생각을 바꾸기로
했습니다. 사랑하는 사람만을 위해서 요리를 하겠다 정도로요.
그만큼 부지런한 사람은 아니니까요.
　　　요리를 처음 하게 된 것도 그랬어요. 낯선 도시 파리에서 2년
정도 산 적이 있었는데 물가도 비싸니까 나를 비롯해 주변 사람들이
잘 먹지 못하고 있더라구요. 내가 먹어왔던 음식들을 상상했고
그것들을 요리했고 나눠 먹었어요. 나눠 먹으려고 김치를 담그기도
했으니까요. 물론 제 성향 중에는 좋아하는 친구나 좋아하는
사람에게 음식으로 가까워지려는 성향이 있습니다만. 아…… 음식도
음식이지만 술도 역시 같은 맥락인 것 같습니다. (웃음)

요리가 행복하게 해주네요.

요리를 하면 포만감이 두 배라 자주 힘들던데요. 좋아하는 요리를
해서 배부르고, 요리를 직접 했으니 이래저래 먹게 돼서 배부르고.
행복과 불행이 한끗 차이더라구요.(웃음)

요리는 언제부터 관심 있으셨어요?

파리에서 만 2년을 살았을 때 할 줄 아는 게 어머니가 해준
음식들을 기억해서 만드는 정도였어요. 간신히 겨우 만드는
정도에서 즐기는 정도가 됐지요.

친구들을 불러서는 간단한 음식을 하는 편이에요.
누군가의 집에 갔을 때 음식 한다고 계속 주방에만 있고 식탁에
앉아 있지를 않은 사람…… 불편해요. 대화도 끊기고, 분위기도
끊기고, 식욕도 끊기죠. 메뉴를 정할 땐 기본적인 것은 만들어놓고
얼른 담아낼 수 있는 것들 위주로 짜는 편이에요. 거대한 메뉴를
준비하면 준비하는 사람 입장에서는 다음에 사람들을 다시 부를
마음이 안 생길 정도로 지치죠. 한 상 푸짐하게 차려놓고 먹어야
하는 시대도 아닌 것 같고, 음식 남는 것도 혼자 사는 입장에서는
힘이 들고요.

책을 쓰시고 강연을 하시다보면 젊은 독자들을 자주, 많이
만나게 되잖아요. 출판사에서 함께 책을 만드는 사람들도 젊구요.
어떠세요? 글을 쓰실 때 그들에게 어떤 얘기를 하고 싶으세요?

글을 쓸 때 기준이 있어요. 내가 좋아하는 친구들이 읽었으면
좋겠다. 그들이 알아듣지 못하는 이야기는 하지 말자. 그들이
이해하지 못하면 그 글은 엉망인 거겠다, 이렇게요. 대한민국이라는
곳은 공신력 있는 기관에 객관적인 통계를 의뢰하지 않아도
무엇이든지 쉽게 평균치가 나오는 곳이에요. 어떤 노래 좋아해?
어떤 텔레비전 프로그램 좋아해? 뭐 갖고 싶어? 좋아하는
브랜드는? 그러면 자판기처럼 답이 나오는 게 대한민국이에요.

저마다 주장하는 바나 자의식이 있을 텐데, 당차게 'Yes or No'가 있을 텐데, 싫어하는 게 분명하고, 좀더 디테일한 기호나 취향을 가지고 살아도 모자란데 개인한테 강력한 한방이 없어요. 그게 결국 그 사람을 형성하니까요. 예를 들어 누군가와 이야기를 나누고 싶다, 다음에 또 만나고 싶다, 그 사람이 내 옆에 있으면 좋겠다, 그 사람의 뒷모습을 한 번 더 보고 싶다…… 그것을 결정하는 것도 '디테일이 주는 여운'에 있잖아요. 자기를 만드는 시간들, 자기를 바라봤어야 할 시간들을 가지지 못했으니 '유니클로' 같은 외모를 한 청춘일 뿐인 거죠. 스스로한테 '안녕'하고 인사하는 법이 없어요. 대신 옷을 사거나 화장을 하거나죠. 그건 누구나 하는 '자기한테 하는 인사법'이라 거리에서 만나는 청춘은 충격적이다 싶을 정도로 거의 다 그 모습이에요. 여기에 취업 문제, 자기 정체성 문제, 막막한 미래 등이 연쇄적으로 이어지니까 힘들죠. 전쟁에 아우성인 거죠. 그렇다면 나의 이십대도 그랬을까? 나도 그랬던 것 같은데…… 아니, 정말 이 정도로 그랬을까? 여러 번 생각해봐요.

굳이 자기 색깔을 가져야 한다고 생각하는 제가 아저씨스러울지도 모르지만, 그것이 필요하다는 생각에는 변함없어요.

게다가 우리 모두 병에 걸려 있잖아요. 외로움이라는 병. 하지만 젊은 사람한테 외로움은 약이 될 거예요. 외로움이란 스스로 '자존自存'하기 위한 방식에서 생겨나는 거니까. 특권이라 여겨도 참 괜찮겠다 싶지만, 지금의 청춘은 자기를 필요 이상으로 아끼고 과하게 사랑해요. 자기를 사랑하는 것, 중요하죠. 사람이 사람으로 살기 위해서, 사람이 되기 위해서 가장 필요한 부분이지만, 자기를 너무도 사랑해서 외로운 쪽으로 기우는 건 쫌 혼자 있는 시간을 얼마나 갖느냐가 결국 그 사람을 빛나게 합니다.
'외로움의 세포'를 잘 다스리면 괜찮은 사람, 나은 사람이 돼요.
이건 명백히 확실해요.

맞아요. 모두가 외롭다고, 불안하다고 하죠.

저는 재능이 없는 사람으로 태어났어요. 이런 나한테 딱 한 가지
재능이 있는데…… 그건 바로 외로움을 타지 않는 거예요.
나라는 사람을 생리학적으로 해부해서 볼 수만 있다면
외로움이라는 게 없다고 판명될 거예요. 저는 못하는 게 아주
많아요. 못을 박는 것도, 주유소에서 주유하는 것도, 동사무소에
가는 것도 어려워요. 어떤 일을 하기 위해 누군가에게 말을 걸고,
무언가를 해야 하고, 기다려야 하고, 무엇을 달라 하면 이걸
내밀어야 하는지 저걸 내밀어야 하는지 모르겠고……. 그래서 저는
동사무소에 갈 때는 '뭐가 잘못 돼서라도 다음에 한 번은 또 와야
할 거야'라고 미리 생각하고 가요. 처음 보는 낯선 누군가한테
책을 내자고 연락을 하거나 내 원고나 기획안 같은 걸 보여줄
일이라도 생기면 그건 거의 공포죠. 전화 통화하는 것도
좋아하질 않아서 메시지로 주로 소통을 하거든요.
    그런데 제 '일'은 그렇지 않잖아요. 책상과 의자만 있으면
뭐든지 할 수 있어요. 밥도 먹고, 잠도 자고, 글도 쓰고, 책도
읽고…… 책상에 앉아 있으면 외로울 시간이 없어요. 아, 한 가지.
점점 나이가 들면서, 나이가 들어도 이럴 수 있을까, 라는 불안은
살짝 있어요.

계속 누워 있고 싶지만
할 일이 있으니까 아침에 일어나게 돼죠.
그건 누구나 그래요.

안으로 멀리 뛰기 – 이병률 대화집

'달' 출판사를 운영하고 계세요. '저 사람이 우리 출판사 저자가 되면
좋겠다'라는 느낌을 받는 때는 언제세요?

그런 기준이라는 게 있다면…… 일단 내가 좋아하면 돼요.
내가 그 사람을 좋아하고, 좋아하는 모습을 보여드리고 기다리는
편이에요. 미리 계약을 하지는 않아요. 그냥 좋아서 만나는
것이고, 내가 그 사람 한 번 더 보고 싶은 것이고, 그 사람의 책을
내고 싶다는 어쩔 수 없는 사심은 유리막 뒤에 자리하는 거겠죠.
그 사람도 알아요. 유리막에 비치니까. 그 사람도 나를 좋아하는
마음이 있으면 나와 함께, '달'과 함께 일하고 싶은 마음이 들겠죠.
그분이 나의 사심이 마뜩치 않거나, 아직 책을 묶을 때가
안 됐다고 여기면 나와는 인연이 아니구나, 라고 넘겨요.
결국은 좋아하는 마음이 그나마 어떤 결과를 가져오는 거죠.

'달' 출판사에서 앞으로 내고 싶은 책은요?

아주 오래전부터 출판하고 싶었던 책들인데, 잠깐 다녀오는
여행이 아닌 정주하는 삶을 사는 여행자의 이야기가 담긴 책을
내고 싶습니다. 반년이고 일년이고 한 여행지에서 사는 것이죠.
물론 일기를 쓰듯 써내려가는 형태가 아니라 순간순간 찾아낸
것들, 만나지는 것에 대한 소소한 기록이면 어떨까 싶어요. 하지만
지금 그런 책이 안 나와 있는 건 아니에요.

최근에 읽은 책은요?
어떤 책이나 작가로부터 자극을 받으셨어요?

난 작가가 쓴 글에 놀라지 않아요. 그들은 놀래키려고 이 세상에 나타난 사람인데. 난 그냥 가만히 기쁘거나 좋으면 돼요.

편집자로서 이 대화집에 넣고 싶은 거나 담고 싶은 것이 있다면요?

나에 관한 '악플'을 캡쳐해서 싣고 싶어요.

악플이 없는 작가 아닌가요?

이 대화집이 나오면 악플이 엄청 나오지 않을까요.(웃음) 에이, 어떻게 없겠어요. 자기 블로그를 통째로 옮겨다 책을 냈다느니, 왜 책이 잘 팔리는지 모르겠다느니, 강연에 갔는데 왜 말은 그렇게 못하느냐니. 악플의 내용도 결국은 이병률이라는 사람의 인상을 설명해주지 않을까요.

이 책 제안을 처음 드렸을 때, 인터뷰를 좋아하지 않는다고 하셨어요.

인터뷰를 해도 제 인터뷰 기사를 안 읽어요. 첫째는 내가 한 말이 재미없을 것 같아서이고, 둘째는 내가 하는 말이 아닌 것 같은 분위기? 그런 게 싫어서죠. 그리고 인터뷰를 좋아하지 않습니다. 인터뷰를 한다는 자체가 대단한 사람 같잖아요? 대단한 사람이 아니라는 걸 보이기 위해 지금 인터뷰를 하고 있는 거예요. 이렇게 한 권의 책으로 묶인다는 게 아직도 불편하고 그래요. 책이 나오고 나서도 그렇겠죠. 앞으로 아무도, 누구도 나를 인터뷰 할 일이 없었으면 좋겠다는 바람도 포함해서 이 인터뷰를 하는 것도 있구요.

대화를 하고 싶다는 마음이 봄처럼 왔었어요.
혹여 불편해 하신다면 어여 여름이 오길, 그리고
여름이 지나고 가을이 오길 바랄 수밖에요.
출판 이외에도 관심 있는 사업 분야가 있으실 듯해요.

　　　저, 사실 기획사를 차리고 싶다는 생각이 있어요. 이런 말, 해도
　　　되나요. 한효주, 이영애, 신용재, 장우람, 장혜진, 에피톤 프로젝트,
　　　에릭 남에다 소설가 김연수, 은희경 두 작가를 넣을까요?
　　　이분들한테 혼나겠네요. 그만하지요.

『혼자 있는 시간의 힘』『내가 혼자 여행하는 이유』『혼자가 되는
책들』같은 책만 봐도 알 수 있듯이 '혼자'라는 화두에 사람들이
반응하고 있어요.

　　　'혼자'이기 때문이겠죠. 누구나 혼자라는 엄연한 사실을
　　　인정하고 있는 건 아닐까요?

혼자여서 좋은가요?

　　　제가 혼자 있을 때 뭘 하는지는 저도 궁금해요. (웃음) 혼자 있다는
　　　사실을 받들고 뭐든 해요. 휴대전화 메신저를 열어놓고,
　　　'달' 편집자 후배들과 문자로 대화를 나누거나……. (웃음)
　　　투고 원고가 책으로 완성되는 일은 극히 드물지만, 그래도 읽어야
　　　하는 일에 매달리거나, 메일에 답장을 쓰고, 그리고 시를 쓰려고
　　　허우적대다가 단어 하나를 무슨 풍경 들여다보듯이 보다가 시간을
　　　보내기도 하고……. 혼자 있는 시간인데 딱 한 가지 집중해서 할 수

있는 일은 못하고 있다는 사실을 억울해 하면서. 내가 혼자 있지를
않고 누군가를 만났다면 돌아오는 밤길에 분명 적잖은 후회를
할 거라는 생각도 하면서 혼자 있는 거죠. 외로운 것도 혼자 있는
시간도 얼마만큼 중요하다는 사실은, 많은 사람들 속에서는
잊히기 쉬우니까요.

'달' 출판사 책들의 제목은 정말…… 늘 궁금하게 만들어요.
이번에는 누구의 책일까, 어떤 제목을 달고 나올까.
제목을 만들다보면 '이거야!'라고 탁 오세요?

　　　　　오죠! 하지만 그게 매일 오나요.
　　　　　　　책의 제목을 정할 때에도 두 시간 안에 끝내서 편집부에
넘겨야 하지만 아무 생각이 나지 않을 때도 있고. 편집장은
독촉하고, 나는 모임에 나가 술 마시면서 계속 제목을 생각하고…….

지금 생각해도 마음에 드는 제목이 있으세요?

　　　　　글쎄요. 지금 당장은 '루나파크' 홍인혜 작가의 『지금이 아니면 안
될 것 같아서』가 생각나요. 은희경 작가의 『생각의 일요일들』이나
장기하 외 열 분이 쓴 여행기 『안녕 다정한 사람』도요.

작가님 책에서는 어떤 제목이 가장 마음에 드세요?
'바람의 사생활'?

　　　　　저도 그게 좋아요.

두 단어의 결합이 가능하구나, 했었어요. 나는 한 번도 생각하지
못했던 조합인데……. 그런데 그게 뭔지 알 것 같은 느낌. 무엇보다
작가님과 잘 어울렸어요. 그 시집을 읽을 때는 작가님을 개인적으로
뵙지 못했을 때였거든요. 그런데도 이병률이라는 사람은 이런
사람이 아닐까, 뭔가가 왔었어요.

그 시기의 저의 리듬이, 호흡이 그 제목을 닮았던 것 같아요.

『바람의 사생활』은 어떻게 세상에 나오게 되었나요?

문단 바깥의 대중은 제가 시를 쓰는 사람인 줄 몰랐어요.
여행 산문집 『끌림』 때문이었지요. 사람들이 나를 여행 작가로
부르기 시작하고…… 한 시인은 "너, 에세이스트야?"라고 얘기하고.
저는 대범한 사람이 아니거든요. 대범한 사람은 그런 얘기를
들어도 아무렇지 않았겠지만 저는 아니었어요. 그래서 시간을
많이 가졌어요. 시를 생각하는 시간, 시에 부끄럽지 않은 삶을
살아야겠다고 생각했어요. 어느 날, 김선우 시인이 〈현대문학상〉
시상식에서 "시를 지키는 삶을 살겠어요"라고 소감을 남긴 걸
들었어요. 동료 시인의 한마디가 찬물을 끼얹었어요.
소중한 말이었고 덩달아 속에서 뜨거운 것이 차오르더라고요.
마음속으로 김선우 시인하고 약속했어요. '선우야, 나도 그 말을
따르며 살게.' 약속이라기보다 기도였죠. 그 말이 아직도 내 안에
남아 있어요. 그런 시기였어요.

자신이 어느 쪽인지 선이 굉장히 명확하신 거네요.

얼마 전 에세이를 쓰는 친한 선배랑 한 잔을 하다가 또 충격을
받았는데. "병률이는 시인이 아니고 에세이스트야." 이러더라고요.
얼굴에 확 뭐가 지나가더라고요. 그다음에는 또 이러는 겁니다.
"병률이는 작가가 아니라 사장이야. 출판사 사장." 한강으로
뛰어들고 싶던데요. 그냥 선배의 자유분방한 말투였을 수도
있어요. 하지만 나라는 사람한테는, 그 말이 그냥 말이 아니라,
문자로, 텍스트로 꽂히는 사람이니까요. 다 안 하고 시만 쓰고
싶은 사람인데…… 나, 비겁하고 나약해서 이러고 있는 건데…….

출판이 사양 산업이라는 건 엄정한 사실이죠. 그런데도 저는
책 만드는 일이 좋거든요. 작가님은 왜 책을 만드시나요?

어렸을 때 꿈이었어요. 시인도 꿈이었고, 영화감독도 꿈이었고,
화가도 꿈이었고…… 그런 꿈 중 하나였어요. 책은 내가 좋아하는
거니까, 책을 가지고 어떤 일을 하게 된다면 가장 소심하게
할 일은 책방 주인일 것이고, 아니면 출판사에 다니는 거였겠죠.
글 쓰는 일은 어렸을 때부터 이병률이라는 바보를 관통해온 거예요.
하지만 방송작가는 지속적으로 할 수 있는 일이 아니었던 거예요.
나 자신에게 '뭔가 준비해야 해' '온몸을 뒤흔드는 세계를 가져야
해'라고 늘 주문을 걸었어요. 그래서 생각해봤죠. 내가 무얼 하고
싶어 했는지. 문득 '아, 여자친구와 함께 출판사를 차리는 게
꿈이었지' 하고 상기하게 됐어요. 그 친구랑 같이하는 꿈을
이루지는 못했지만, 책을 읽는 시간이 많은 직업을 갖게 된 건
축복이죠. 책은 읽지 않아도 그 자체만으로도 엄청난 세계니까요.

안으로 멀리 뛰기 - 이병률 대화집

시를 쓰던 시절, 책을 읽다가 이 좋은 책을 만든 사람은 누굴까 궁금하면 책의 판권 페이지를 열어 이름을 봤었어요. 책이 조금 이상하다 싶어도 누가 만들었는지 이름을 보곤 했어요.

그럼 편집자는 어떤 경로로 하게 된 건가요?

첫번째 시집 『당신은 어딘가로 가려 한다』를 펴낸 출판사 '문학동네'에서 파주출판도시 입주 기념으로 작가들을 초대한 적이 있어요. '출판사 편집부'라는 공간을 처음 본 거죠. 리얼real하게! 책들이 쌓여 있고, 그 사이에서 책을 만드는 사람들……
그 공간을 지나 4층 옥상에 올라갔는데 바람이 부는 거예요.
'아, 세상에는 이런 직업이 있구나!' 책을 만드는 공간을 가까이서 본 게 처음이었는데 아름다워 보였어요. 무조건! 그 후 몇 년이 지나고, '문학동네'에서 함께 일해보자고 연락이 왔어요. 속으로 생각했죠. 내가 방송에 지쳐 바람이 빠져 있는 걸 어떻게 알았지?

타이밍!

맞아요. 라디오 일은 너무 오래 했어요. 여행을 가서도 원고를 써야 하는 일은 언뜻 팔자 좋아 보이지만 쉽지 않았거든요.
여행에도 집중하고 싶었고요. 그렇게 쓴 방송 원고가 마음에 들 리 없죠. 한국에는 비가 오는지, 눈이 오는지, 해가 뜨는지 알지도 못한 채 뜬구름 잡는 얘기를 하는 거에 지쳤던 거죠.
그 시기에 '문학동네' 강태형 사장님을 만난 거예요. 강 사장님, 솔직히 무섭잖아요. 책을 만드는 일은 하고 싶은데, 출판사에 다니고 싶은데, 그 출판사 사장이 무서워서 하기 싫은 거예요.

그때 소설 쓰는 후배가 그러는 거예요. "형, 잘 생각해봐. 그분이 정말 무서운 분일까? 내가 보기에 형은 그곳에서 가장 즐기면서 일할 사람인데?"라고요.

출근하겠다, 대신 시간 여유를 많이 주면 좋겠다고 말씀드리고 4개월가량 루마니아 등 악착스레 동유럽 여행을 다녀와서 출근했어요. 여행에서 돌아오기 전날, 혼자 와인을 마시면서 '이제 노예가 된 거야. 자승자박, 완전 노예가 된 거라고' 이러면서 징징거렸어요. '문학동네 기획실장'이라는 이름으로 여러 팀이 만드는 책을 함께 논의하고, 홍보하고, 주요 작가들의 미팅을 챙겼어요. 그 일을 하면서 알게 된 거죠. '나라는 인간은 존재감이 중요한데!' 이 책 저 책 관여하며 일은 했는데, 정작 책에 내 이름은 없는 거예요. 난 뭐지? 나는 일을 하고 있다는 걸 스스로 객관화시켜서 보고 싶은 사람인데…… 하다못해 뭔가를 낚거나, 생산성이 풍부한 개인의 프로젝트를 해내야 직성이 풀리는 사람인데 하는 생각이 들더라고요. 강 사장님이 눈치를 채셨던지 "이름 하나 정해봐"라고 하시는 거예요. "무슨 이름이요?" "출판사 이름. 이병률답게, 발랄한 이름으로." 그래서 '달'이 만들어졌어요.

작가 이병률은 발랄한 사람이었군요!

저는 '이병률다우면서도, 한편 발랄하게'로 들었는데요.(웃음)

직접 글을 쓰는 분이 편집자가 되어 다른 이의 글을
만지는 거잖아요. 대표님만의 기준이 있으세요?

문장 앞에서 '이게 다일까?' 의심을 하면서 '전환'을 시켜주는 거죠.
이 부분에서 어떤 식으로든지 틀어야겠구나, 이렇게 같은 톤으로
늘어지면 사람들이 졸려 하지 않을까, 하는 식으로요. 글이
졸리면 독자가 따라올 기력을 잃어요. 어떻게든 전환시키려고
하죠. 중언부언이다 싶은 부분은 드러내고, 뭔가 긴장되는 문장은
부각시키는 거죠. 문장처럼 사유도 마찬가지구요.

글을 쓸 때, 다른 이의 글을 고치고 편집할 때 가장 중요한 게
'전환'이군요. 일상도 그렇죠. 온종일 하나만 할 순 없으니까요.
어쩔 수 없이 하나를 하더라도 그 속에서 세부적으로
'전환'시켜줘야죠. 그 세부적 전환이 바로 '디테일'. 그러니까
편집자에게 가장 중요한 건 전환, 그리고 디테일인 셈이네요.
후배 편집자로서 '달' 출판사에서 나오는 책의 '결'에 대한
굳은 믿음이 있어요. 그걸 구체화시키는 편집 방향도 공부하는
마음으로 바라보고 있습니다. '달'에서 함께하는 후배 편집자 혹은
직원들에게 해주시는 말씀이 있으세요?

'내가 잔소리를 싫어하는데 누가 좋아하겠어'라는 생각이 있어요.
각자 알아서 자기 재능만큼 하는 거죠. 그래도 제가 욕심이
많은 사람이라는 걸 알 테니까 그 욕심을 옆에서 보겠죠. 영리한
후배들이니까 '분위기'라는 것도 알 거고요. 그것만 알아줘도
나와 함께 오래 오래 기분 좋게 일할 거라는 믿음,
그런 게 있어요.

달 출판사의 북 디자인에 많이 관여하시죠?

나 역시 책의 표지가 참 중요하다고 생각하는 사람이고, 그건
나만 그런 게 아니라 책 만드는 사람 모두가 일치해요. 책 표지가
마음에 안 들면 오래 두고 보고 싶은 책도 손이 안 가는 경우가
있는 것처럼요. 또 언젠가 북 디자인에 대해서 '나는 책을
디자인하는 일을 항해에 비유했을 때 망루望樓에서 먼 바닷길을
내다보는 일'(『B컷: 북 디자이너의 세번째 서랍』 추천 글)이라고
했듯이, 텍스트만큼이나 중요한 일이란 생각이에요.

　　　　제가 출판 일을 하게 된 건 책을 좋아해서이기도 했지만
책 디자인에 관심이 있어서가 시작점이에요. 다소 차이는 있지만
어느 일정한 사각의 틀 안에 제목을 놓고 색을 정하고 이미지가
어우러져서 하나의 덩어리를 만드는 데 그게 하나 하나 다
다르다는 건 엄청난 일이잖아요.

　　　　적극적으로 관여합니다. 달 출판사 초기에는 아, 내가
좋고 싫은 게 분명하구나…… 내가 싫어하는 걸 못 참는구나……
싶을 정도로 디자이너에게 말이 좋게 나가질 않았어요. 충분히
이야기하고, 의도를 설명해도 사실은 그에 부합하는 디자인이
나오기 어려운데 답답한 마음에 직언이 튀어나오고, 얼굴이
붉으락푸르락해지고 했던 거죠. 하지만 나에게 보여준 디자인들
가운데 장점 하나를 뽑아서 마음에 든다고 해주면서, 좀더 시간을
가지고 기다리는 일이 중요했어요. 입장을 바꿔놓고 생각을 하면,
내가 열심히 한 결과물 앞에서 누군가 뭐라고 하면 나 역시
싫거든요. 디자이너들에게 좋은 에너지, 긍정적인 에너지를
주려고 많이 노력했어요. 그러다 불쑥 실력을 보여주거나, 새로운
것으로 나를 설득하려고 하면 칭찬하려고도 했구요. 시간이

흘러서 디자이너들이 나의 성향을 아는 시간도 필요했고,
적극적이면서도 넓은 폭의 시안들을 가져오는 등등 저 역시 크게
신경을 쓰지 않아도 잘하게 되는 과정을 거쳤어요. 북 디자이너에게
이제는 어떻게 어떻게 해주세요, 라는 주문을 하는 바보 같은 짓은
하지 않게 되었어요. 달 출판사의 북 디자인 중에 좋은 디자인이
많았다면 그런 소소한 과정을 거쳐서 가능했던 거죠.
북 디자이너 개인마다 '달' 작업에 애정을 많이 갖는 것 역시도
명백한 이유가 되겠고요.

**책을 만드는 일, 시를 쓰고 소설을 쓰는 일은 풍요로움과는 거리가
멀다는 게 세상의 통념이잖아요. 그럼에도 불구하고 이 일을
해야 할 이유가 있을까요?**

문학이 필요한 이유는 아주 간단해요. 이 세상에 음악이 필요해요.
이 세상에 예술이 필요해요. 정신없이 사느라 내가 사람인지를
모르고 사는 일련의 문제들과 충돌을 겪어요. 하루 세끼 온전하게
밥을 먹고 사랑하는 사람하고 살더라도 그 사이, 그 간극에는
시가 놓여야 하고, 음악이 흘러야 하고, 그림이 걸려 있어야
하거든요. '와락' 하는 것들이요. 그것들 없이도 살 수 있을까?
하고 한 번쯤 의문을 던질 수 있지만, 실제로 그것이 없다면 몸이
불편하고 삶이 두려워질 거라고 믿는 사람이에요. 시가, 음악이,
미술이 우리를 동정하고 있다고도 보고요, 우리의 약한 부분을
메꿔준다고도 믿어요.

그래서 시를 쓸 수밖에 없는 거예요. 물론 다른 분량의
행복도 있겠다 싶지만, 저는 시를 쓸 때 사람다워요. 시를 쓰지
않으면 미칠지도 몰라요.

안으로 멀리 뛰기 - 이병률 대화집

시를 씀으로써 다른 맥락에서 '미치는' 거네요.

몸에 흐르는 전기를 주체하지 못하는 거죠. 좋아하는 걸 서슴없이 좋아한다고 말하고, 사람들에게 '아니, 저 사람 왜 저래?'라는 소리를 듣기도 하겠죠.

저의 장래희망이 뭔지 아세요? 이 나이에 장래희망이라…… '미치는' 거예요. 제대로 미치기! 아무도 눈치 보지 않고, 아무것도 두려워하지 않고 그냥 내가 좋아하는 것하고만 눈을 맞추는…….

미치고 싶다는 욕망을 신神이 제거시킨다면요?

신이 그 정도로 나한테 관심이 있을까요? (웃음) 신이 아무리 그래봤자, 미쳐보고 싶은 욕구는 여전할 겁니다. 정상적인 것으로는 아무것도 할 수 없을 것 같은 때가 있어요. 글을 쓸 때. 좋은 그림을 볼 때. 사랑하고 싶은 사람을 만났을 때. 멀리 아주 멀리 오래 떠나 있고 싶을 때. 또 누군가에게, 속해 있는 어딘가에 길들여지기 싫을 때, 미치고 싶죠. 제가 가끔 많은 사람 앞에서 미치고 싶다고 말하면 일부 사람들은 웃습니다. 병원에 갇히고 싶다는 의미로 하는 말이 아닌데 그렇게 듣는 사람들이 있어요. 그럴 때 엄청 슬프지요. 그렇다고 일일이 붙들고 이야기하고 싶지도 않고요.

평생의 꿈은 미치는 것. 맞습니다. 뭔가 규칙도 기준도 없는 사람, 기갈 들린 사람, 그런 채로 몰두하는 사람. 그런 광기의 자격이 나에겐 왜 없을까요. 지금 이대로의 나는 아무 재미없고 색깔도 없고 한심하거든요.

언제 미치고 싶었다는 걸 잊고 산다는 걸 깨달으세요?

사람이 상자 안에 들어가 있었어요. 사람 키만 한 상자였거든요.
커다란 비행기 모형을 조립하는 상자였는데 그런 데는 고양이나
들어 있어야 한다고 생각하죠. 난 그 사람이, 다 큰 사람이 그럴 수
있다는 게 부러웠어요. 난 절대 그럴 수 없거든요. 그런데 그게
겨우 사람들 시선 때문이라는 거예요. 난 이렇게 내 식대로 살
거야, 라는 거 없이 지금까지 살아온 게 한스럽죠. 미쳐야 하는데,
미쳐야 갈 수 있는 길이 있는데 내 근본과 기질은
그런 쪽이 아닌 거, 그게 억울한 정도예요.

자기가 행복한 직업이 좋을까요.
다른 사람을 행복하게 해주는 직업이 좋을까요.

자기만 행복해서도 좋지 않아요. 다른 사람을 행복하게만 하고
자기는 껍데기만 있는 것도 안 좋죠. 직업에 있어선 말하나마나
둘의 적당한 조화가 이상적일 겁니다. 직업의 속성은 한 개인이
부속품으로서 구속당하기 쉽죠. 구속만이 아닌 자신을 찾아가는
길 가운데 일이 놓여 있다면 좋을 텐데…… 무엇보다도 일이라는
건 누군가와 함께하는 거잖아요. 어떤 성취만 보고 매달리기엔
같이 일하는 사람이 누구인가가 너무나 중요해요. 그래서
저는 같이 일하는 사람을 일단 좋아해버립니다. 그런 입장을
가지고 하는 일에서 굉장히 달라지는 국면을 많이 봐왔죠.
일에 있어서는 자기가 행복한 것도, 남을 행복하게 해주는 것
역시도, 이 두 가지에 대한 갈망은 놓아선 안 된다고 생각해요.

행복한 상태란 어떤 상태일까요?

사랑받고 사랑하고. 두 가지가 적당한 밸런스로 충족된 상태.
사랑을 하더라도 사랑을 받지 않는다면 아무것도 아닌 것…….
모든 인간의 행복은 딱 그 정도 아닌가요.

자주 행복을 느끼는 편이세요? 자주 행복하세요?

'느낌'이 있는 사람을 만날 때 행복합니다. 그 느낌이라는 것도
지극히 주관적이겠지만 말입니다. 운이 좋아서 그 사람과 술을
마시게 되고, 마시는 동안 그 사람 내부의 주변을 기웃거리는
느낌이 드는 것도 나를 행복하게 하죠.
제가 많이, 자주 행복하다면, 어쩌면 행복이 대단한 게
아니라는 걸 이미 알아버려서겠죠.

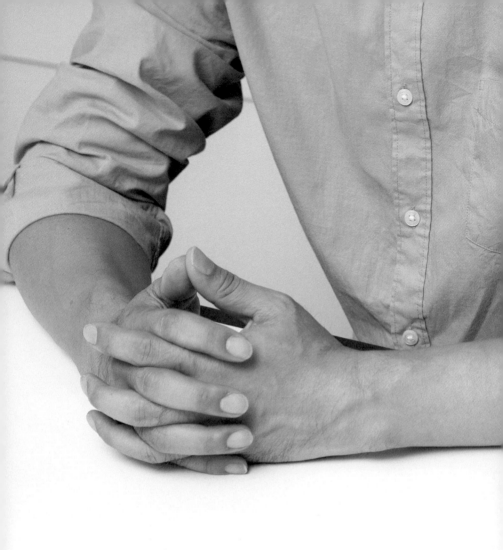

일을 잘하려면 그 사람을 사랑하면 돼요.

일이니까 어려울 수밖에 없거든요.

같이 일하는 사람을 내가 먼저 사랑하면

그 일에서 승리하게 돼요.

이건 진실입니다.

안으로 멀리 뛰기 - 이병률 대화집

유년 시절에 어디서, 어떻게 자라셨어요?

다섯 살 때 서울에 올라오기 전까지 충북 제천에서 살았어요.
다섯 살 이전의 기억이 아직도 풍족하게 남아 있어요. 산골, 정말
산골이었어요. 제천이라고는 하지만, 아주 깊은 산골(용산골)이었죠.
중학교 2학년 때 전기가 들어왔을 정도였으니까요. 할머니께서
재가再嫁하셔서 아버지를 낳았고 세 분의 고모들이 계셨어요.
집안 구성이 뜨거울 수밖에 없는 뭔가가 있었겠죠? 눈물겹다고
해야 하나. 그 집안에 제가 첫아들로 태어난 거예요. 할머니와
고모들의 사랑이란 사랑은 모조리 받고 자랄 수밖에요.
제가 조금은 따뜻한 사람, 여성 코드가 있는 사람으로 비치는
데에는 그 영향이 커요. 할머니, 고모들, 그리고 누나……
이후 서울에 올라와서는 부모님이 생업 때문에 밤낮으로 일을
하셔서 저를 돌볼 겨를이 없으셨어요. 당연히 할머니와 고모들의
품이 그리워 고향에 내려가려고 아등바등했어요. 초등학교 시절
방학만 되면 내려갔어요. 친척 손에 이끌려 기차를 타고 오가다가,
초등학교 3학년 때부터는 "혼자 다녀오겠다"고 선언했어요.
부모님께서 청량리역에서 제천 가는 사람을 찾아 저를 붙들려
보내주셨어요. 그곳에서 할아버지, 할머니, 고모들과 충분한
시간들을 지냈어요.

초등학교 3학년 때, 서울에서 제천 가는 기차를 혼자 탔다고요?

네, 고모가 제천역에 나오셨어요. 고모 댁에서 하룻밤 자고
할아버지 댁으로 가는 버스를 탔어요. 그야말로 한참을 갔어요.
그렇게 방학 때마다 시골에서 지냈어요.

가장 인상적인 장면은, 시골집 정면에 산이 하나 있었는데
눈이 내려서 덮이면 어려서도 그게 많이 슬프게 비쳤어요. 눈이
많이 와서 방학이 끝나 가는데도 나오지 못한 적도 있고, 비가
많이 와서 다리가 끊기고 길이 끊겨 산을 넘어 강원도 쪽으로
피신하다시피 빠져나온 적도 있으니 오지 중 오지였죠.

　　　할머니는 재가를 하면서 어린 아들 하나를 거의
버리다시피 하고는 오셔야 했는데 술을 꽤 드셨어요. 저도
동네잔치가 있으면 초등학교 저학년 때 할머니 무르팍에 앉아
소주를 마셨어요. 노래도 참 잘하셨는데 그 한恨 같은 정서랑 끼,
그 두 가지는, 아니 주량 포함해서 세 가지는 할머니를 닮았네요.

　　　중학교 때 할아버지, 할머니가 돌아가셨지만 고모들은
계속 살고 있어서 고등학교 때까지 제천을 자주 갔어요. 하지만
지금의 저는 굉장히 도회적인 사람이거든요. 내가 좋아하는
것, 좇는 것 모두 도시에 있어요. 그런데 나라는 사람, 샌드위치
안쪽에는 고향이라는 굉장히 묵직한 무언가가 있어요.
뭉클함 같기도 한 것들이요.

고향을 찾아가는 초등학교 3학년 이병률의 모습이 그려지네요.
'여행자'의 DNA가 그때부터 형성된 게 아닐까요.

청량리역에서 중앙선 기차를 타고 내려가면 무수히 많은 소리가
들려왔어요. 서너 시간 동안 중간에 정차하는 역도 많았죠.
부모님께서 신신당부하셨어요. 기차에서 절대 잠들면 안 된다고.
왜 아니겠어요. 초등학생이 혼자 가는 건데. 자다가 역을 지나치면
큰일이었으니까요. 문제는…… 나라는 사람은 그때나 지금이나
차만 타면 푹 자는 사람이라는 거예요. 그런데 내가 말똥말똥

깨어 있어야 제천 가는 저 어른이 나를 데리고 내릴 테니까 못 자는 거예요. 잠을 이기겠다고 계속 창밖을 보는데, 한두 살 먹어가면서 이전에는 보지 못했던 풍경이 하나둘 나타나는 거예요. 이 터널을 통과하면 어떤 들판이 나오고, 어느 길이 나오고…… 사람들이 물가에서 쉬고 멱 감거나 낚시를 하고, 밭에서 논에서 일하는 사람들 하며…… 그런 풍경이 몸에 새겨지면서 나의 상태에 따라, 나이에 따라 같은 풍경이 매번 조금씩 다르게 다가왔어요. 기차만 봐도 시각적으로 흔들리는 이미지들이 연상되기 시작하는 거죠.

모든 게 그림이네요.

굉장한 그림이었죠. 그 시절에 나는 그림을 그리는 사람이 될지 모르겠다고 생각했어요. 기차를 통해서 인생 최고의 순간을 만났으니 뭐라도 해야 했겠죠. 물론 그림을 그리는 사람으로 자라지는 못했어요. 집안 형편도 그랬고, '예술은 절대 안 돼!'라는 유교적 가풍도 센 집이었으니까요. 그런데 글 쓰는 건 반대가 없었어요. 유교적이었으니까 가능했지요. 중학교 2학년 무렵, 글 쓰는 사람이 되어야겠다는 꿈을 어렴풋이 갖게 되었어요. 글 쓰는 사람이 되겠다고 마음을 먹은 때가 사춘기였으니 웬만한 것들이 슬퍼 보이더라구요. 단순한 풍경, 사물, 집의 가난한 분위기, 학교에 적응하지 못하는 내 모습…… 집에 혼자 있는 시간이 늘어갔어요. 누나들은 학교에 다니고, 남동생은 활동적인데, 나만 혼자 집에 있는 거예요. 친구들이 놀자고 해도 그냥 집에만 갔어요.
　　　유년시절은 내부적으로다가 우울했어요. 그게 다른 사람들한텐 애어른처럼 비치기도 했겠죠. 나는 그냥 내성적이라 말을 하지 않은 것뿐이었는데 뭔가가 또래와 다르다는 거예요.

서울로 올라온 뒤 유년기 시절의 이병률도
여전히 불안한 아이였나요?

엄청 내성적이고 불안한 아이요. 초등학교 5학년 때까지 자다가
깨서 이유 없이 우는 아이였으니까요. 방학이 되어 시골에
가서도 자다가 울었어요. 그 흔적이 어떤 식으로든 지금까지 남아
있나봐요. 혼자 살지만, 가끔 일행과 동행해 출장을 가게 되면
그분들이 그래요. 내가 자다가 우는 소리를 낸다고. 그 불안함이
이십대까지 이어졌어요. 정말 불안했어요. 그 시절의 저는……

누구나 한 사람의 오늘을 있게 한 '사건'이라는 게 있잖아요.
중학교 2학년 무렵, 글을 써야겠다고 결심하게 된 것도 하나의
'사건'이고, 그 사건을 가져오게 한 어떤 또다른 '사건'도 있었을
테고요. 어떤 시간과 시간 사이의 비어 있는 공백, 그 공백에서
생겨난 사건 말이죠.

있었어요. 초등학교 때 누나의 일기장을 몰래 훔쳐보곤 했어요.
누이가 둘 있었는데, 작은 누나 일기장을 보는데 얼마나
재미있던지. 다음 날 열어보면 새로운 내용이 펼쳐져 있고, 누이가
뭐하고 다니는지 알게 되는 거죠. 그런데 이런 생각이 드는 거예요.
작은 누나는 뭐하고 다니는데 나랑 다르게 느끼고 나랑 다르게
사는 거지? 나보다 세 살 위니 당연히 조숙했죠. 따라쟁이가
되어서 누나 책을 보고, 라디오를 듣고……
　　　중학교 2학년 때 이창모 담임 선생님이 계셨어요. 체대를
나온 분이었는데도 굉장히 달랐어요. 여기서 달랐다는 건
중1 때도 담임 선생님이 체육 과목이었거든요.(웃음)

체육 선생님이셨으니까 한번 체벌을 하면 무시무시했는데 저는
다른 아이보다 여리다고 생각하셨는지, 왜 그랬는지, 교실 지켜라,
이것 좀 하고 있어라 하시며 이상할 정도로 기합을 면해주셨어요.
        어느 날, 학교에서 전교생을 대상으로 원고지 8매 짜리
반공 글짓기를 써오라고 과제를 내줬는데 글짓기를 하다보니
원고지 8매가 되는 거예요. 8매까지라니까 어린 마음에
글을 쓰다가 거기서 멈춘 상태에서 제출했어요. 선생님께서
'왜 이야기를 하다 말았느냐, 글에는 기승전결이라는 게 있단다,
8매에 한정하지 말고 쓰고 싶은 이야기를 다 써보라'고 하셨어요.
그래서 원고지 23매를 썼어요. 선생님께서 여긴 맞춤법이 틀렸고,
이런 표현보다 이렇게 고치는 건 어떨까 식으로 가르쳐주셨어요.
그 이후, 백일장에는 무조건 나갔어요. 미술 대회에도 나가게 되고.
그런 대회 나가는 재미가 쏠쏠하잖아요. 글 쓰고 그림 준비해야
하니까 수업에 빠지고, 대회에 참가하니까 수업에 빠지고, 몇
주 후에 학교로 상장이 도착하고…… 이게 남는 장사라는 걸
알았던 거 아닐까요. 나는 학교 밖에서 뭔가를 하는 걸 좋아하는
아이구나, 라는 걸 알았던 거죠. 고등학생이 되어서도 합창단,
중창단 활동을 하고, 대회에 참가하기 위해 연습하느라 교실
바깥에 있고…….

글쓰기에는 편지도 빠질 수 없잖아요.

편지, 많이 썼죠. '편지를 쓰는 시대'를 살았다는 것 자체가 행운인
거죠. 정성스레 손으로 글씨를 써서 봉투에 넣고 풀칠을 하고
우표를 붙여서 우체통에 넣기까지의 행위는 그냥 그랬을 거라는
짐작만으로는 가늠할 수 없는 상당히 인간적인 장면이에요.

그리고 답장을 받기까지 기다림이 이어지죠. 편지가 생활의
일부였다는 건 그만큼 정신이 건강할 수밖에 없었던 시대를
살았다는 의미이기도 해요. 사람을 아꼈던 시대였기도 했구요.
　　　글씨도 늘고 문장도 늘고 감정도 늘었네요, 편지를 자주
썼던 그때의 나는. 십대 후반에요.

편지로 성숙해진 소년 이야기 역시, 그림이네요.

고등학교 때 우체국에서 상자 하나씩이 배달돼 왔어요. 정말
영문도 모르는 일이었는데 그 상자에는 편지가 가득 들어 있었어요.
정확히 내 이름이 적혀 있었고, 어느 날은 상자가 두 개, 어떤 날은
상자 세 개에 한 묶음의 편지…… 편지를 읽느라 두 달 여를 보냈어요.
　　　내용은 그래요. 이병률이란 사람이 라디오 프로그램에
편지를 보냈는데, 사람들이 그 방송을 듣고 이병률한테 답장을
보낸 거죠. 편지 속에서 이병률은 여자이고, 피아노를 치고 있고,
다리를 절고 있으며 세상을 아름답게 바라보는 사람. 이 정도였어요.
근데 전국 방방곡곡에서 편지를 보내오는데 재미도 재미지만
자체만으로도 충격적인 일이었지요. 도대체 이게 무슨 일인가
싶을 정도였지만 그런 생각을 할 겨를 없이 난 편지를 읽기
시작했어요. 잠도 안 자고 말입니다. 물론 다음날 학교까지 가서
읽어야 그 편지를 다 읽을 수 있었어요.
　　　그 편지, 방송국에 내가 안 보냈어요. 물론 나는 라디오
프로그램에 편지를 보내는 '라디오 키드'였지만 그렇게 상황을
설정하고 거짓말을 섞어서 편지를 쓰거나 하진 않았어요.
그 편지를 보낸 사람은 아직도 밝혀지지 않고 있지만…… 편지를
보낸 누군가는 정말 편지를 잘 썼나봐요. 그렇게 많은 양의 편지를

받게된 걸 보면요. 그래서 저 역시 아주 정성스러운 편지에는
일일이 답장을 썼어요. 이건 사실이 아니다, 답장을 기다릴 것
같아 답장을 쓰지만 이것은 허구이고, 나에게 일어난 미스터리한
사건이다…… 라구요.

　　하여튼 그 후로 몇 년 뒤에 나는 방송국 일을 시작하면서
본격적으로 라디오 일을 하게 되었어요. 한 인생이, 내 이야기가
그런 식으로, 퍼즐의 기미를 보이면서 어느 쪽으로 흘러간다는 건
이해하려고 들기엔 힘든 일이죠.

　　참, 생각해보니 그때 그 일로 만난 사람들도 많아요. 나는
고등학교 신분이었고 대부분 나보다 나이가 많은 사람들이었는데,
이 모든 게 사실이 아니더라도 나를 만나고 싶다고 찾아오거나
자기를 면회 와달라고 하는 사람 등등을 만났어요. 고등학생
신분으로도 그 낯선 사람들을 만나는 게 하나도 무섭지 않았던
거죠. 그리고 어떤 면에서는 '환상의 한 사람'을 갈구하면서 사는
사람들의 결핍의 형식을 직접적으로 일찍 체험을 한 것이구요.

　　좁은 세상에 살고 있을 법한 나이에 꽤 담장을 자주
넘나들었던 아이였네요, 그러고 보니.

　　아, 꼬리에 꼬리를 물고 생각나는 일이 하나 더 있어요.
이번엔 야구 이야기.

야구를 좋아하셨어요? 뜻밖인데요.

야구 안 좋아합니다.(웃음) 축구도 안 좋아해요. 가만히 앉아서
하는 일이나 가만히 서서 하는 일은 다 좋아하는 편이지만요.

　　아까 이야기는 고등학교 때였고, 이 이야기는 중학교
때였어요. 프로야구가 처음 생겼습니다. 또래의 사내아이들은

난리가 났죠. 하지만 모두의 열의에 비해서 야구장 가는 일도
쉽지가 않은 환경이었죠. 방과 후, 학교 앞에서 프로야구를
홍보하려고 예쁜 누나들이 와서 뭔가를 나눠주는 거예요.
OB베어스 선수들 얼굴이 인쇄된 브로마이드 같은 거였어요.
주요 경기 일정표 같은 거랑 같이요. 와, 누나들이 이것저것 소개를
하는데 그 밑에 팬레터를 보낼 수 있는 주소가 있는 거예요.
친구들이 저에게 팬레터를 써달라고 했어요. 박철순 투수가 날릴
때였으니 모두가 그 선수에게 편지를 써달라고 말이죠. 그때
편지를 쓰면 뭔가 선물을 준다는 일종의 기대가 있었던 것 같아요.

왠지 아이들이 난리법석을 부리니까 쓰긴 해야겠고, 친구
이름으로 보내긴 싫고, 편지란 게 답장도 받을 수 있으면 좋은
건데 '설마 박철순 선수가 나한테 답장을 보내겠어?' 싶은 마음이
드는 거예요. 그래서 그냥 아무한테 보내보자 하고 이름을 따라
내려가는데 포수 중 한 분이 눈에 띄는 거예요. 편지를 보냈어요.
기대해서 그랬는지 답장을 받았구요. 근데 편지 내용이 저더러
인천 어느 경기장으로 응원을 오라는 편지였어요. 인천이라는데
설마 제가 인천까지 어떻게 갔을까요? 네, 저는 갔어요.

근데 그때 야구장에서 만난 그 형이 저한테 그러더라구요.
회사 홍보팀에서 저한테는 답장을 꼭 써야 한다고 해서 답장을
쓴 거라구요. 운동선수인데 이상하게 편지를 잘 쓰는 형이었죠.
그러고는 저를 위해 받아둔 OB베어스 선수들 사인볼을 여러 개
주었는데 가방이 다 넘칠 정도였어요. 그 후로도 수년 동안
연락이 서로 오갔는데 전국을 돌면서 경기를 하다가 서울에 오면
저에게 연락을 하는 거예요. 그때 잠시 야구를 조금 좋아했었네요.
그 형이 묵는 숙소에 갈 일이 많았는데 그 유명한 선수들이 다
저를 아는 거예요. 아, 그게 조금 어지럽던데요.

아, 그렇게 아무 일도 일어나지 않는 사춘기 소년에게 그 일은,
그 정신없음은 정말이지 저를 가만히 안 내버려뒀겠죠.

이렇게 이야기하다보니까 드라마 〈응답하라〉 시리즈
같지만……

천하에 둘째가라면 서러울 정도로 내성적인 아이 앞에
갑자기 스파이더맨이 나타나서 거미줄을 마구 던진 거예요.
근데 그게 뭔지 모르고 자꾸 눈만 비볐던 거죠.

**두 가지 에피소드를 이야기하셨는데, 소년한테는 그 일로 시야가
넓어졌다고 할까요, 눈이 트인 시기였다고 할 수 있겠네요.**

저도 잘 모르겠어요. 지금 갑자기 왜, 그 이야기들이 생각났는지는.
세상에는 거울만 보고 거울에 비친 자기 모습만 보고 사는 사람도
있을 수 있고, 동물하고 사는 사람들은 동물 관계에서 세상을
보려는 사람도 있고, 지금의 나 같은 사람은 혼자 있으려고
애를 쓰면서 그 안에서 모두를 보려고 하는 것처럼…… 누구나
입체적으로 살 수는 없겠지요.

그때의 여린 나는 너무 어려서 뭔지 모를 조각들을
받아내기엔 쉽지 않았을 텐데 그래도 어려운대로 소화하고
있었을 거예요. 아주 안쓰럽게나마.

안쓰럽긴요. 작으나마 행운 같은 거, 아니었을까요?

학생이었으니까 해야 할 것들이 있었을 거 아니에요?
해야 할 것들을 해야 하는 아이가 아니라 하지 않아도 되는
것들을 일찍 알아버린 거 아닐까요. 좋은 건 학교 안에 있는 게

아니라 그 밖에 있었던 거잖아요. 학교에서는 일어날 수 없는
일들이 나를 자극하고 나를 살아 있게 했던 거죠.

그래도 합창반 단장에다, 중창단 활동을 하면서 다른 친구들에 비해
어느 정도는 누리셨잖아요.

맞는 말씀이죠. 그것 없이 고등학교를 어떻게 다니고 졸업했을까
싶어요. 대학은 어떻게 갔으며…… 그래도 뭐든 했다는 것이
확률을 가져왔던 걸까요?

글 쓰는 사람이 되고 싶다는 꿈을 가진 후에
다른 분의 글도 많이 읽었을 텐데요.
그 시절 특별히 좋아했던 작가가 있었나요?

고등학교 시절의 독서라는 게 한계가 있잖아요. 집에 책이 가득 차
있던 분위기도 아니었으니까요. 서점에서 책을 사지는 못하고
기웃거리며 이 책 저 책 보곤 했어요. 대학에 입학해서, 그것도
문예창작과에 들어갔는데 독서를 많이 하지 않은 한계가 여실히
드러나는 거예요. 열심히 읽어야만 했죠. 여러 〈시 동인지〉를
읽으며 충격을 받았어요. 한 시인의 서너 편의 시를 묶어
소개하거나, 10~12명 동인의 시를 묶은 무크지 말이에요.
그 시들은 절대적으로 아름다웠고 그 영향으로 나도 시를 잘 쓰는
사람이 되고 싶었어요.
　　　　이성복 선생님의 시가 오랫동안 저를 지배했어요. 학교에서
시를 가르쳐주셨던 최하림 선생님의 시, 2학년 때 지도교수였던

오규원 선생님의 시도 많이 읽었구요. 소설가 김승옥 선생님과
오정희 선생님의 작품을 대학 다니는 동안 알게 되면서 그냥 글을
쓰는 사람이 아니라 '글로, 뭔가를 하는 사람'이 되어야겠구나,
라는 다짐을 하게 됐어요. 굳이 표현하자면 혼이 있는 작가,
다른 사람의 행복에 관여하는 작가……. 글로, 문장으로 말이죠.
지금 생각해보면 문예창작과 수업이 책 좋아하고 글쓰기 좋아하는
우리를 서로 경쟁시키는 뭔가가 있었어요. 질투를 하지 않으면
성장을 할 수 없게 선생님들이 이끄셨죠. 저 같아도 시를 가르치는
스승 입장에서는 시 잘 쓰는 학생이 제일 이쁠 것 같아요.
　　　치열함을 동반해야 하는 그게 두렵기도 했지만, 학교에
가는 게 즐거웠어요. 좋은 선생님, 좋은 선배, 좋은 친구들을
만났으니까요. 학교를 졸업하고 '이제 시를 써야 할 텐데'라는
고민을 하게 되고, 그렇다면 어떻게 살아야 할까를 고민하는
시기에 마종기 시인의 존재를 알게 됐어요. 이십대 초중반,
그러니까 스물다섯 살 무렵 사이에 닮고 싶었던 분을 시집으로
만날 수 있었어요. 마종기 시인의 『그 나라 하늘빛』, 허수경 시인의
『혼자 가는 먼집』. 내겐 부적 같은 시집이에요.

그 시집을 품고 결국 등단을 하시게 됐네요.

그 시집 두 권을 안고 파리에 갔으니까요. 거기서 신춘문예 당선
통보를 받았어요.

책을 좋아하는, 그래서 책을 만들고, 음악과 미술을 좋아하고,
그래서 그걸 놓지 못하는 저는 어릴 적부터 책을 끼고 사는 사람이
뭔가 '다른' 걸 만들어낸다는 믿음이 있어요. 배우 윤정희 선생님도
음악과 책을 사랑하는 문학소녀였다고 합니다. 그 마음으로 평생
연기를 하고, 그렇게 늙어가는 분이세요. 그분은 배우가 되더라도
화려하게 살고 싶지는 않았다고 했답니다. 그래서 이름에 고요할
정靜을 넣어 정희靜姬로 이름을 바꿨다고 해요. 우리도 그분처럼
조금 고요하게 살 필요가 있어요. 지금 세상은, 심지어 예술도
요란스럽잖아요. 다들 무언가를 하려 하고 보여주려만 해요.
윤정희 선생은 어느 인터뷰에서 혼자 고요하게 사는 방법은 남과
자신을 비교하지 않으면 된다고 하셨어요. 형식에 별 관심이 없으면
된다고, 삶을 바라보는 방식이 비슷한 사람을 곁에 두면 된다고,
뭔가를 억지로 계획하지도 않고, 특별한 순간을 만들어내려고 하지
않으면 된다고요. 늘 고요히, 그 자리에 그대로 있는 그런 분들이
우리에게 '용기'를 주는 것 같아요. 마종기 선생님이나 허수경
선생님도 그런 분들이시구요. 저에게 작가 이병률도 '고요한'
사람입니다. 대학생활은 어땠어요?

즐거웠어요. 풍부했고요. 조금 치열한 시기를 지났던 것 같아서
결국은 좋았던 기억이에요. 우리 학교(서울예술대학)를 많이
좋아했어요. 졸업하기 싫을 정도로. 가끔 학교에는 우리 대학
출신의 유명한 선배들이 찾아오곤 했거든요. 그게 이상했는데,
나중에 알았어요. 애정이고 애착이구나. 그냥 운동 삼아 남산
한 바퀴 돌고 학교 교정에 와서 세수하고 가는, 이미 배우로
유명해진 선배도 있고 약속도 없이 술 마시자고 후배들 찾아오는
장석남 시인 같은 선배들도 있고. 학교 캠퍼스가 워낙 작았던

시절이어서 앉아만 있어도 많은 게 보였죠. 끼 있는 사람들이 드러나는 곳이었고 감추려고 해도 학교 안에서 개개인의 끼는 어떤 식으로든 표출되는 곳이었어요. 졸업한 선배들이 자기 분야에서 열심히 하고 있다는 자체만으로도 엄청난 자극이 되는 곳이었어요. 그 영향이 있으니 당장 대학 안에서 뭐라도 되자, 라고 맘을 먹게 되었죠. 조금이라도 다부지게 맘을 먹으면 뭐라도 되기 쉬운 분위기? 학풍? 그런 원색적이면서, 묘한 기운이 남산 아래 안쪽에 뭉쳐 있었던 거죠.

남산에 있었겠다, 예술대학이었겠다… 대학에 하나쯤 있는 재미있는 전설 같은 것도 있었을 것 같아요.

대학의 전신이 '드라마 센터'였고, 워낙 오래된 학교라 전설이 있을 법도 한데 들은 건 없어요. 윤대표가 저한테 농담을 던진 걸 수도 있는데 죽자고 덤벼드는 답변이 될지도 모르겠지만…… 그냥 수많은 선배들 존재 자체가 전설인 학교. 그때 거긴 그랬어요.

시를 쓰는 후배들이 이쁘다고 하신 어느 인터뷰 기사가 기억나요.

난 후배들만 보여요. 선배들은 존경하고 사랑하지만 지긋지긋한 구석이 있죠. 후배들을 인정하지 않으려는 성질머리들도 가지고 있고. 이를테면, 팀장은 후배를 성공시킬 발판 과정에 있는 사람인데 팀장은 너무 위쪽만 의식하거나 자기만 들여다보고 살아요. 시를 쓰면서 사는 후배들이 눈물겹게 보이는 건 그 사정을 누구보다 잘 알기 때문이기도 하지요. 수많은 계단을 올라야 하는 게 시일 수도 있는데, 그걸 누구의 도움 없이 혼자의

힘으로 올라야 한다는 게 제일 안쓰럽죠. 그 옆에 내가 있어야
하는데, 손을 내미는 사람이 나여야 할 텐데 하는 마음이 있는데
당장은 마음만 있는 거죠. 안타깝게도.

시인의 천성은 어떤가요?
이병률 시인과 공통점도 있나요?

시인한테는 모두 '취급주의fragile tag'를 붙여야 합니다. 공항에서
짐 부칠 때 붙이는 '깨지기 쉬운 물건' 표시요. 만약 인성人性이 강한
사람이라면, 절대 시를 잘 쓸 수 없을 것 같은 부분이 있습니다.

시심詩心이란 건 쉽게 이야기하자면,
어떤 의미인가요?

시심은 랩 같은 성분인지도 모르겠어요. 주방에서 그릇이나
음식 덮개로 쓰는 랩이요. 온전히 가려지지만, 완전히 가려지지
않아서 비치기도 하고, 그 안은 따뜻하고, 따뜻하지만 오래 보존도
쉬운 것들이요.
　　　시심은 시를 쓰지 않는 사람에게는 희박한 것인지도
모르고요. 시인한테는 그게 있어서 시인을 지켜주고, 버티게 해주고
어쩌면 그 자체만으로도 무조건 시인 자신을 빛나게 해줄 거라는
생각이에요.

시는 어렵잖아요.

팽팽하고 맑기만 한 거울에 비치는 그대로는 시가 아니지요.

그건 그냥 그대로 우리의 일상이고 우리의 얼굴입니다.
어떤 식으로든 비틀어져 있거나 혹은 깨져 있거나 흐릿한
상태의 그것이 현실을 견인한다고 봅니다. 어제하고는 다르게
비친 거울의 모습을 통해 우리가 놀라게 되는 것처럼 말이죠.
그러기 위해선 어느 정도 쉽지 않은 언어, 쉽지 않은 문장 등이
미적美的으로 동원되는 것이지요.

　　　하지만 정말, 요즘의 어려운 시들은 장치랍시고 그런
테크닉들을 너무 많이 심어놓다 못해 흩어놓는 게 단점이지만요.
우리들이 우스갯소리로 하는 말이 있습니다. "요즘 시는 왜 이렇게
어려운 거야?" 그러면 누군가 옆에서 농담을 합니다. "절대, 알게끔
쓰면 안 되니까!"

습작기의 문장 연습은 시만 읽고 한 게 아니라
김승옥, 오정희 작가 두 분의 영향도 있었던 거네요.
지금 두 분은 작품을 쓰지 않는다는 공통점이 있어요.

　　　두 분을 몇 번 가까이서 뵐 일이 있었어요. 글을 쓰지 않는
그분들께 새 작품을 기다리고 있다고 한 번도 말씀 드린 적이
없어요. 심지어 나는 대학시절, 당신 글을 읽으며 치열하게
살겠다고 맹세한 적이 있어요, 라고 말씀 드리지도 않았고요.
그분들의 '화석化石'을 몸에 지니고 있는 나로서는 그분들을
만났다고 내가 어떻게 해야겠다거나 하는 생각 자체가 들지
않은 거죠. 박물관 앞에서 우린 별 말이 없어지잖아요.

작가님 안팎의 모든 것이 변하더라도 문학에 대한 믿음은
결코 변하지 않을 것 같아요. 누군가의 말처럼 문학을
통해서만 발언될 수 있는 말들이 있을 테니까요.
글은 주로 언제 쓰세요?

밤 11시에서 2~3시까지 정해놓고 쓰려고 노력하지만 다른 피곤한
일이 있으면 그것도 어렵다고 생각해요. 아무래도 출판사 일도
해야 하니까 조각조각 쪼개서 쓰고 있고, 조금 분주한 일이 겹치면
안정이 안 되니까 쓰는 일 자체가 쉽진 않아요.

글을 쓰고 책을 만드는 것을 제외한다면……
일상에서 가장 주가 되는 요소는 무엇일까요?

거의 아무것도 안 해요. 그냥 혼자 있는 시간을 많이 가지려 해요.
약간의 독서? 지방에 다녀오는 일? 가끔 강연을 하는데, 지방으로
강연을 가면 슬쩍 하룻밤 머물 수 있으니까 좋아해요. 지방에
내려가서 혼자 걷고, 혼자 버스 타고, 차에서 혼자 꾸벅꾸벅 졸고.
차에서 정말 잘 자거든요. 그 순간이 참 행복해요. 어차피 목적이
없으니까 잠을 자다가 지나쳐도 행복하고. 그러다 만나는 낯선
사람과 얘기도 나누고, 술도 마시고. 나를 위한 시간이라기보다,
혼자 있는 시간을 많이 가지려고 욕심 부려요. 그것만큼은
이기적으로 챙기려고 해요.
그전에 친구들하고 술도 자주 마셨어요. 물론 일 때문에도
마셨고요. 일주일에 6~7일을, 3~4년간 쭉. 그런데 '그날' 이후
술을 덜 마시게 됐어요. 그날, 세월호……. 독일 뮌스터 허수경 선배
집에 머물고 있는데 세월호 소식을 듣게 되었거든요. 허수경 선배

독일인 남편분이 영어로 들려주는데……. 그날 이후 사람들을
만나더라도 반가운 자린데 앉아 있는 것조차 힘들더라구요.
그 무렵부터 술을 덜 마시게 됐어요. 공적인 일, 다른 사람하고
약속을 지켜야 하는 일은 어쩔 수 없이 하지만, 내가 좋아서 하는
것들, 내가 좋아해서 손을 뻗는 관계는 줄이자고 다짐 같은 걸
했어요. 보고 싶다고 다 만나지 말자, 이병률 너도 정신 좀
차리자……. 한 멍청한 개인한테도 그 일은 어떤 분명한 선을
긋게 하네요.

좋아하는 사람들 틈에 앉아서 웃을 수도 있겠죠. 근데 그
웃음이 있는 자리에서 웃고 있다는 게 있을 수 없는 일이라는
생각이 들었어요. 용서받을 수 없으니 나 역시 이대로 멈춰야 한다,
나 역시 죄가 없는 것은 아니니 내 숨통 하나를 거세하자, 그런
의미였어요. 세월호의 장막 같은 겹 하나가 우리를 에워싸고 있고
우리는 그 안에서 살아도 살고 있는 것 같지가 않은데.

난 이 나라의 이 지경을 살고 있는 게 아직도 이상해요.

결국 문학은, 그것을 이루는 문학의 말은 돌아봄에 있는 것 같아요.
나를 반성하는 것, 그리하여 남을 살피는 것, 남을 위하는 것.
인생이 어느 방향으로 흘러간다고 생각하세요?

회귀하겠다는 본능이 우리에겐 있습니다. 잃어버린 것, 내가 잘못
생각해서 버린 것에게 우린 돌아갈 자격이 있지 않겠어요. 저도
그랬습니다. 길을 잃었고 참담했었고. 그때마다 스스로 최면을
걸었어요. 돌아갈 곳이 있는데 무엇이 문제인가, 하고 말이죠.
우리 삶에 기회가 있다면, 어디든 돌아갈 기회가 있다는 거겠지요.

안으로 멀리 뛰기 - 이병률 대화집

안으로 멀리 뛰기 – 이병률 대화집

시집 『눈사람 여관』에 유희경 시인이 쓰기를
이병률 시인은 "잠시, 있는 사람"이라고 했어요.

　　　'영원히, 있는 사람'이라면 그만큼 절대적인, 절대자의
　　　자격이겠는데요.(웃음) 아마도 유희경 시인이 저의 과도한
　　　자의식을 다르게 하는 말이 아닌가 싶지만……
　　　그렇게 잠시 있다가 가려고요.

항상 '이동중'인 거네요.

　　　확실히 한 곳에 있는 사람은 아니에요. 집에 들어가지 않는 날이
　　　많은 사람. 비행기건, 차건, 기차건 고속으로 어디를 가는 사람.
　　　그렇게 어딘가에 도착해서도 또다시 다른 곳에 갈 궁리를 하는
　　　사람이에요. 끝없이, 끊임없이…… 그렇게 다녀야 힘이 생기는
　　　사람인 거죠. 그게 동력이 되는 사람이구요.

'서너 달에 한번쯤 잠시 거처를 옮겼다가 되돌아오는 습관을
버거워하면 안 된다'는 시구가 그냥 나온 게 아니었네요.
그 '야생의 습관' 덕분에 우리가 여행의 진면목을 발견하게 된 것
같아 감사합니다. 여행의 기록은 어떻게 남기세요?

　　　메모를 해요. 공책이나 휴대전화 메모장에 해요. 메모만 하고
　　　쓰지 않는 것도 많으니까 책에 옮겨지지 않은 것들도 많아요.
　　　직업을 소화하기 위해 여행을 가는 거라고 생각하는 분들이
　　　많은데 여행을 가는 게 반드시 글을 위해서 가는 건 아니에요.
　　　여행은 어떤 모티프를 만나고, 몰랐던 색깔의 사람을 만나고,

다른 충격을 감당하는 거니까요. 여행을 다닌다기보다 그냥 여행 '속'에서 일상을 '유지'하려고 해요. 식당에 가기보다 슈퍼마켓에서 몇 가지 사서 대충 요리해서 먹는 걸 좋아해요, 맨손으로 슬리퍼를 끌고 다닌다거나…… 그곳에서도 생활의 감각을 최대한 즐기다 오는 거라 여행 관련 글을 쓰거나 하진 않아요.

음악도 여행의 주요한 동행자인가요?

음악은 잘 안 들어요. 음악을 듣고 있으면 사람들이 나한테 무슨 말을 해도 못 듣잖아요. 또, 슬픈 음악을 듣고 싶을 때가 있고 들으면 어떻게든 지배당하게 되잖아요. 물론 슬픈 음악에 지배당하면 좋죠. 몸에 화학적인 무언가가 지나가는 거니까. 하지만 내가 이어폰으로 음악을 듣고 있으면 사람들이 말을 걸어오지 않을 것 같은 생각이 더 커요. 굳이 누구랑 말을 하고 싶다는 게 아니라, 누군가 툭 건드려주면 순간순간 기억할 만한 일들이 꽤 생기죠.

어느 날 길이 나오듯 사랑이 오는 것처럼
이병률의 글 옆에 항상 사진이 있잖아요.
사진은 언제, 어떻게 찍게 되었나요?

대학 때 학보사에 있었어요. 사진기자는 사진과 학생이 맡았죠. 취재에서 돌아와서 나는 취재 기사를 쓰면 되는데, 같은 공간에서 어떤 장면을 어떤 방식으로 포착해서 신문에 싣는 사진기자 일이 특별해 보였어요. 글하고는 다른 결과물이 나오는 거잖아요. 사진을 찍는 사람은 대상을 다른 곳에서, 다른 각도로 보니까. 그 다른 눈이 특별하잖아요. 그래서 사진기자에게 물어봤죠.

- 저기…… 사진은 어떻게 하면 되는 건가요?
- 우선 카메라를 사세요.
- 어디 가면 카메라를 살 수 있나요. 얼마면 살 수 있나요?
  뭘 살까요?

그렇게 가서 중고카메라 Canon AE-1을 샀어요.

독학으로 하신 거네요.

네. 그 무렵은 이미지라든가, 영상이 갑자기 쏟아져서, 개벽을 하는
듯한 시대였어요. 홍콩 영화가 들어왔고 일본 영상을 볼 기회가
많아진 건데, 분명 그전에는 경험할 수 없었던 신세계였죠.

**어렸을 때 그리고 싶었던 그림을 못했으니 사진을 하고 싶은
충동도 꽤 자연스러웠을 듯해요.**

파리에서 지낼 때 그 고민이 제일 컸었어요. 변변한 카메라도 없는
형편에서 필름, 인화지, 현상액 등등의 재료비는 상상할 수가
없었어요. 사진을 하고 싶은 마음을 접고 들어와서도 경제적인
문제는 해결이 안 되었는데 필름 사주는 사람, 자기가 쓰던
카메라까지 내주는 분도 있었어요. 세상으로부터, 또 사람한테서
받은 게 참 많은 사람이에요.

여행서를 만들다보면 사진이 글의 보조 수단에 머무는 경우도 많이
봅니다. 그런데 작가님은 사진 그 자체에 충분히 의미를 부여하고
싶을 정도로 느낌이 다릅니다.

사진을 잘 찍지도 않고, 열심히 찍는 편도 아니지만, 사진 찍는
그 자체에는 상당한 의미를 둬요. 그 시간, 여행이라는 시간,
여행지에서의 특정 시간, 그때 카메라를 마주하는 시간은 다시
오지 않을 테니까요. 그때, 그곳에 그만한 빛이 비치지 않았다면
대상을 찍을 마음이 들지 않을 수도 있거든요. 나는 아름다움을
기억하는 직업을 가진 사람이니까요, 사진은 그 시간을 메모하는
방식이구요.

여행지에서 인물에 아주 근접해서 촬영한 사진도 자주 보게
됩니다. 저는 어렵던데요. 낯선 사람을 찍는다는 게.

일단 찍어요. 물론 상대방이 거부하면 멈춰요.
여행지에서 사진을 찍어본 사람이라면 알 거예요.
여행지에서 어떤 사람을 마주쳤어요. 이 사람은 이렇고 이런
얼굴이니까, 어떤 각도에서 찍으면 좋겠다고 판단하게 되죠.
그렇지만 사진을 찍겠다고 허락을 구하는 순간, 그 사람이
카메라를 의식하는 표정이 되거든요. 자연스러움을 유지하기
위해서라도 몰래몰래 찍어왔어요. 인물 촬영하는 걸 제일
좋아하기도 하구요.

안으로 멀리 뛰기 - 이병률 대화집

이병률의 사진은 이병률에게 무엇인지요.

제 사진은 '반찬' 같습니다. 문장하고 비벼지면 맛이 날 것
같아서요. 또 제 사진은 때로 '노트'예요. 간절하게 다시 꺼내보고
싶은 풍경의 온도를 기록해서지요. 또 제 사진은 때로 '아무것도
아닌 것'이에요. 제 사진에 어떤 의미를 부여하려면 사진을 많이
찍는 사람이어야 할 터인데 저는 여행하면서 카메라를 들고
다니지 않을 때가 많아요. 저는 '사진을 하는 사람photographer'이
아니라 그저 사진을 '좋아하는' 사람쯤 돼요.

그 사진이 '떠나고도 오래 남아 마음의 반찬이'
(「마음의 기차역」)이 되는 거겠죠. 우리에게.
여행 가방은 어떻게 꾸리시는지 궁금해요.

어떤 원칙도 어떤 정해진 방식도 없어요. 일단 몸에 밴 거라…….
세면도구, 스킨, 로션, 옷가지 등. 내 방 테이블에 수북이 쌓여 있는
책들 가운데 여행지에서 읽고 싶은 책 툭 던져넣고. 내 몸에는
늘 휴대전화, 노트북, 여권, 지갑, 카메라가 따라 다니니까 그런 건
챙긴다는 기분이 들지 않아요.

여권을 늘 갖고 다니세요?

그렇진 않아요. 하지만 항상 눈에 보이는 곳에 두니까요.
어디를 간다고 했을 때 특별히 챙겨야 할 물건이지만 동시에
일상적인 물건이 된 거죠.

여행 갈 때 가져가는 게 있는지요?

여행을 갈 때 꼭 가져가야 할 것을 많은 분들이 자주 묻는데,
나라면 좋은 기억 장치를 가져가겠어요. 좋은 기억 장치라는 게
기술적인 뭔가가 아니라, 무엇보다 '비운' 상태여야죠.
텅 빈 상태라 잘 들어앉거든요.

외로움이나 결핍이 있는 상태처럼, 많이 비운 상태로 가는
것. 많이 소진된 상태로 가는 거요. 그래야 잘 흡수할 수 있어요.
그럴 때일수록 웬만한 것들이 아름답고, 소소한 것들이 고맙죠.
정신적으로 결핍도 없고 영양 상태도 너무 좋은 나라면, 가서도
잘 먹고 잘 쇼핑하고 잘 쉬다 오면 그만이겠죠. 흡입할 상태 말고
흡수할 상태의 나를 데려간다면 많이 가져올 거예요. 뭐든 가지러
가잖아요. 거기에 나를 다 쏟아 붓고 오는 게 여행은 아니니까요.

그리고 말이 하기 싫어서 떠난 걸 수도 있겠지만
어린왕자를 만나기 위해서라면 낯선 이에게 말을 붙이기도
해야겠지요. 우연히 마주친 어린왕자를 놓치면 안 되니까.

여행의 '물건'이라는 게 있어요. 저는 매일 아침 거품을 만들어
수동식 면도기로 조심조심 면도를 하거든요. 그런데 여행이나
출장을 가면 싸구려 전기면도기를 사용해요. 간편하기도 하지만,
피부라는 녀석도 집 밖이라는 것을 아는지 수동식 면도기를
받아들이려 하지 않더라구요. 하지만 더 큰 이유가 있으니,
그건 제가 그 싸구려 면도기를 여행중 비행기 안에서 구입했기
때문이에요. 제가 여행이나 출장을 갈 때마다 챙겨서 가는 것들은
평소 즐겨 쓰는 것이 아닌, 여행지에서 구입한 것들이더라구요.
선글라스도 안경집도 면도기도, 하다못해 하나 챙겨 넣은
볼펜도 어딘가를 떠돌다 산 것들이에요. 여행중에 사는 것들은
'기념'이라는 이름으로, 혹은 임시변통이라는 이유로 일상을
기준으로 조금은 과하거나 조금은 미치지 못하는 경우가 많잖아요.
집으로 돌아와 다시 쓰기엔 마땅치 않죠. 하지만 그것들을 반가운
마음으로 다시 찾게 되는 때가 있으니 다시, 다른 곳으로 떠날 때인 것
같아요. 내가 '여행중'임을 일깨우는 사물의 기능 말이죠. 여행지에
가져가는 것이나 여행지에서 가져오는 것이 있으세요?

아주 간단합니다. 누구나 가져갈 법한 것들이지요. 다만 돌아올 때는
뭐든 들고 오려고 합니다. 접시 한 장, 성냥 한 통, 낯선 장난감,
읽지 않겠지만 중고서점에서의 책 한 권, 하다못해 모기향이라도
사오려고 합니다. 와서 가져온 물건들을 들여다보거나 사용하면서
그곳 생각을 합니다. 그러면 여행에서 돌아온 게 아니라 여행을
'연장'하고 있다는 기분이 들곤 하죠.

그런 질문이나 부탁 많이 들으시죠? 여행을 가고 싶어요, 어디를
가면 좋을까요, 어디를 가요, 그곳에서 어디로 가면 좋을까요?
『바람이 분다 당신이 좋다』에서도 J라는 후배에게 알려주셨잖아요.
네가 가고 싶은 곳을 가라, 그래서 터키에 갔다가 그곳이 재미없으면
그리스에 가고, 섬에도 가보라고 말이죠. 한편으론 여행에 대해
얘기하는 것에 책임감이나 부담감도 있으실 것 같아요.

　　　　이런 거겠죠. 내가 너무 좋아하는 책을 누군가에게 권해줘요.
하지만 그건 내가 좋아하는 것을 강요하는 걸 수도 있잖아요.
내가 좋아하는 것을 싫어하는 사람들도 많으니까요.
하물며 '어디에 가면 좋아요?'라고 묻는 것 자체가 바보스러운
것이기 때문에 저도 장단을 맞춰서 바보스럽게 대답하는 정도예요.
왜 바보스럽냐 하면 가고 싶은 데가 없는 사람 같잖아요. 어딘가를
가고 싶은 사람은 끊임없이 속을 찌르는 어느 한 곳이 있어요.
그곳이 아무리 멀더라도, 아무리 쉽지 않을 길이라도 말이죠.
　　　　자기가 가고 싶은 곳을 가야죠. 가고 싶은 곳이 없다면
왜 여행을 가려고 하는지부터 설명해야죠. 우리가 하는 대부분의
여행이 사람들이 좋다는 곳을 가는 거라곤 해도, 한 번쯤 내가
정말 가고 싶은 곳을, 바로 '그곳'을 정하는 선택이, 그 시작이
여행의 재미인데 그걸 어떻게 다른 사람에게 물어보는 걸까요.
자기가 무엇에 열려 있다면 몸도 머리도 그쪽으로 열려지게 되어
있어요. 여행의 경우, 목적지가 열려 있을 것이고, 세상 어딘가에
어떤 인연이 열려 있게 돼요. 여행지를 선택한다는 것은 그런
운명이 조합되어 있는 거예요. 저에게 여행지를 묻는 사람한테
'그럼 여행을 가지 말라'고도 해요. 아직 그 사람에게 여행이
필요하지 않다는 것일 수도 있으니 생각해보자는 의미에서요.

…… 여행을 가지 않는 사람도 있어야죠. …… 여행이 필요하지 않은
사람도, 여행이 체질적으로 맞지 않는 사람도 이 세상엔 있어요.

여행은 우리 인생에 어떤 영향을 미칠까요?

강력한 영향을 미치죠. 이대로는 살 수 없다는 절망과 이렇게
사는 것보다는 차라리 튕겨나가고 싶다는 의지를 동시에 가능하게
해주죠. 그리고 내가 좋아하는 것이 무엇인지를 알게 해주죠.
내가 무엇으로 살아야 하는지를, 어느 먼 곳에서 혼자 있는 시간은
알려줍니다. 그리고…… 점선 같은 것도 생겨나요.
내가 원하는 것과 원하지 않는 것, 그 자리에 점선이 생기면서
그 점선대로 오려서 갖거나, 오려서 버릴 수 있게 하죠.

여행도 결국 정신적인 것이로군요?

'여행기'라는 물성 자체도 우선 정신적인 것으로 포장되어 있잖아요.
여행에서 만난 상황이나 찍은 사진 등등은 다른 사람들이
경험한 것들하고 언뜻 비슷할 수 있어요. 정신적인 것이 있느냐
없느냐가 그 책의 생명을 받쳐주는 것처럼, 여행지에서 받은
내적인 충격이 여행 글을 쓰게 하지요.

평소, 여행이 뭐라고 생각하세요. 정의랄까요.

여러 개의 안경을 갖는다는 것, 그게 여행이라고 생각해요.
잘 안 보여서 쓰게 되는 안경, 내 모습을 가리기 위해 쓰는 안경,
그리고 안 좋은 상황에서 내 눈이 찔릴까봐 쓰게 되는 안경……

여행을 통해서 우리는 여러 개의 안경을 가질 수 있어요.

그렇다면 작가님에게 결국 여행이란 무엇일까요?

여행…… 저에게 시는 뭘까요? 여행이, 시보다는 좀 작아요.
시가 큰 집이라면 여행은 작은 집이에요. 시가 본가本家라면
여행은 세컨드 하우스예요. '시를 가질래? 여행을 가질래?'라고
물으면 시를 가질 거예요. 하지만 시를 가지되 건조해서 시를 쓰지
못하는 마음이 굳어진 형태의 사람이 되겠죠. 여행이 없으니,
물이 확 빠져버리고 핏기가 하나도 없는 채. 나라는 사람은
내 시와 글에 어떤 '온도'가 있다고 감히 착각하며 사는데,
그 온도가 제로가 된 상태라면 그 바닥 속에서 시를 쓸 수 있을까,
라는 두려움이 늘 있어요. 이렇게 말하고 나니 정리가 되네요.
시와 여행은 결코 분리시킬 수 없는 거네요. 그렇죠?

온도는 몇 도 정도 될까요?

미지근한 물보다 조금 뜨거운 정도? 늘 일정한 온도로요.
경제적으로 너무 안 좋아서 여행을 다닐 수 없을 때 승무원
시험을 볼까 했어요. 나이 제한이 없는 외국계 항공사면 어떨까
하고 계속 항공사 승무원 자리를 곁눈질했어요. 출판 일을 막
시작하고도, 파주에서 책 만드는 것보다 그게 낫지 않겠어, 라는
기분에 힘이 들 때였어요. 어떤 막막함 끝에 앉아 있는 것보다는
다니는 일이 저하고 맞을 것 같다는 생각이 치밀어 오른 거죠.
그런데 이런 생각이 들더라고요. 그게 직업이 되면 막다른 골목을
만나게 되지 않을까? 물론 막다른 골목에서도 사람 좋아하는

나는 오래 오래 버티겠지만. 사람한테 대접하는 것도 좋아하고,
여행 가는 사람 도와주고 싶은 마음이 늘 있고,
낯선 곳에서, 집이 아닌 곳에서 잘 수 있고…… 승무원이라는
직업이 딱 맞지 않을까 생각했었어요.

왜 안 하셨어요.

비겁하기 때문이죠. 아무 눈치 안 보고 살고 싶다고 울부짖지만,
내 식대로 살 거야, 라고 소리 높여 외치지만 그래도 어느 정도
정해진 길, 그 범주를 걷는 게 나라는 사람 같아요.
　　　어쩌면 나중에 후회할 '꺼리'라도 만들어 놓자면서, 인간은
대부분 비겁을 택해요. 말 하고 나니 또 한심하네요, 나라는 사람이.

여행자 게스트하우스를 운영할 생각은 안 해보셨어요?

청소는 윤대표가 해주는 거죠? (웃음) 저는 청소를 못해요.
깔끔한 편인데 청소는 절대 못해요. 게스트하우스라……
매일 손님들하고 놀면 어떡하지? 이 사람은 이걸 먹여야 하는데,
이 술을 좋아하지 않을까? 이러면서 손님들과 섞여 지낼 거예요.
게스트하우스, 멋진 직업이죠. 큰 규모 말고 방이 4개만 있는,
조그만 데서 소박하게 머물다 가는.

저는 정말 하고 싶어요.

한다면 어디에요?

지금 대화를 나누는 서촌(서울 종로구 창성동, 통의동, 통인동,
옥인동 부근)처럼 도시 한복판에 있는 작은 골목 같은 곳이요.
2층에 방 하나만 있는 작은 호텔, 1층은 작은 카페. 호텔에 묵은
사람들이 아침을 먹고, 커피 한 잔 마시며 그날 여행을 계획하는
그런 2층 공간을 갖고 싶어요.

　　　게스트하우스가 참 많아졌죠. 서울, 제주, 전주⋯⋯. 저도 자주
가는 게스트하우스면 좋겠습니다. 가끔 집에 가기 싫을 때 스치듯
익숙하게 들러서 이틀 정도 머물다 오곤 하는⋯⋯.
　　　　　이제는 어디를 가도 여행하는 느낌이 아니라, '사는' 느낌이
드는 곳이면 좋겠다고 얘기한 것처럼 그런 곳으로 만드세요.

오늘 대화를 마치고 파리에 가신다고 하셨는데
설레지 않으세요⋯⋯?

　　　없어요. 여행이라는 느낌이 안 들어요. 보통의 여행은 가서
해야 할 몇 가지가 있잖아요. 꼭 가야할 데, 먹어야 할 데 같은.
가서 아무것도 하지 않으려고 해서인지도 모르겠어요.

하긴, 내일 파리로 떠나는 분이 장시간 인터뷰를 나누고 있다는 게
쉬운 건 아니죠. 보통 여행을 준비하느라 들떠 있고, 마음도
급해지고, 혹시 빠뜨린 건 없나 분주한 게 정상이잖아요.
여행의 내공이라고 해야 할까요?

　　　이것도 멋있게 얘기하려는 게 아니라 오늘 대화도 여행하듯,
놀러오는 기분으로 왔어요. 그래도 되죠? (웃음) 인터뷰건,

강연이건, 낯선 곳에서, 낯선 사람들과 만나는 거잖아요.
차 한 잔 나누고, 얘기를 나누고, 눈을 마주치다 오는 거잖아요.
그리고 좋은 기분으로 돌아오고……. 어떤 날은 쓸쓸한 마음을
안고 돌아오기도 하고. 그게 여행이기도 하니까.

보통은 여행을 너무 특별한 시간으로 여기잖아요? 사실 여행이란
장소가 다를 뿐, 결국 '나'라는 평범한 사람이 겪는 시간이잖아요.
그래서 저는 여행기란 지극히 평범했던, 그렇기에 잡아두고 싶었던
나의 단편이라고 봅니다. 시인의 여행기가 특별해 보이는 것은
특별한 시간에 대한 갈망, 특별한 장소에 대한 로망, 특별한 경험을
남기고픈 욕망 때문이 아니라 여행을 '보통날'처럼 대하는 담력
때문이 아닐까 하거든요.

나한테 보통날하고 여행하는 날의 경계는 없어졌어요. 공항 가는 길이
설레면 여행에서 돌아와 공항을 등지고 오는 일이 그만큼 힘들겠죠.
집에서 나와 공항을 가는 길의 과정, 그리고 그 반대로 공항에 도착해
집으로 가는 길의 동선 자체를 지워 없애는 편이라서요. 나한테는
굉장히 큰 저장 장치가 있나 봐요. 여행을 가서 거기에 느낌이나
이미지 같은 것들을 마구 담아오는데 나한테는 그게 좋은 쇼핑이나
독서의 개념이기도 해요. 좋은 공연을 보고 온 기분 같기도 하구요.
　　　나는 내가 선택한 곳이라면 그곳이 어디든 좋아요. 내가 사는
서울이라는 곳이 싫어서 떠나는 건 아니거든요. 어디든 낯선 곳이라도
내가 잠자고 일어나는 곳이면 그곳이 좋은 곳이라는 생각을
늘 해요. 익숙한 곳에서 낯선 곳을 그리워하는 게 당연하듯이,
낯선 곳도 시간이 지나고 나면 익숙해지죠. 근데 나라는 사람은
왜 그렇게 낯선 곳에서 두근거리는 거죠?

오죽하면 나 스스로에게 붙이고 싶은 별명이
'Fragile Tag'일까요. 공항에서 짐에 붙이는
'취급주의' 꼬리표 있잖아요.

글을 쓰는 사람, 작가 이병률에 대해 좀더 여쭐게요. 이런 질문 많이
받으실 듯해요. 시를 쓸 때와 산문을 쓸 때와 분명 다르지 않으세요?
앞에서 언급하신 온도, 태도, 시선…….

　　산문은 수다스럽게 풀어놓는 정도? 산문散文이라는 한자도
그래서이겠죠? 저 역시 산문을 쓰는 데 구애받지 않아요. 내가
알고 있는 것과 매혹당한 것을 설명하는 어떤 분위기라는 건
사람마다 스타일이 정해져 있는 거니까 그렇게 가는 거고……
아무런 힘을 들이지 않고 걷는 기분? 맞아요. 익숙한 길을 걷는
기분이에요. 나한테 있어 산문이란.
　　그런데 시는 다른 길로 가려 해요. 나를 강한 힘으로
제어하고 어떨 땐 막 몰아치고. 시를 쓸 때와 산문을 쓸 때……
분명히 지도가 달라요. 좋은 것과 아름다운 것을 편하게 얘기하는
게 산문이라면, 시는 내가 쓰고 싶은 것, 나를 건드린 무언가를
미학적으로 쌓아가는 것이겠죠. 탑을 쌓듯이, 차곡차곡.
　　반면 산문은 널어놓는 거예요. 훅 뿌려놓는 것 같기도 하고.

시가 좀더 어렵다는 말씀이죠?

　　어렵다는 느낌도 있지만 뭔가 분명 다르다는 것? 바짝바짝
마르거나 애달픈 느낌. 그런데 산문은 혀를 가지고 쓰는
느낌이랄까. 내가 말하듯이 쓰면 되니까요.
　　시를 쓰면서 가장 기다리는 순간이거나, 굉장한 환희를
만나는 때가 하나 있어요. 나도 모르게 시가 한 순간에 첫줄부터
마지막 줄까지 쓰일 때죠. 휙 써서 완성이 되는 경우. 그 순간을
기다리면서 사는 게 시인의 일이죠. '시인이 하는 일이란 게

고작 그것인가?' 싶지만 그 황홀경이 전부죠.

그런데 그것도 돌아보면 그 시를 쓰기 위해 오래오래
걸렸더라고요. 그 한순간에 써지는 순간의 밀도를 위해서
다른 곳도 기웃거리고, 주춤거리기도 하면서.

그 순간의 쾌감이라는 게 있을 것 같아요.

화산이 용암을 품고 있다가 더는 품을 수 없어서 결국 토해내는
느낌이겠죠. 쾌감이라는 단어보다는 굉장히 큰 기쁨이나
환희라는 느낌이 맞을 듯해요. 그 환희 때문에 사는 것 같아요.
그 시가 휙 써지는 그런 순간! 물론 그 느낌을 받는다고 해서
금방 시를 쓰려고 책상 앞에 앉기보다는 분출 직전까지 지니고
있다가 쓰지만요.

**그러고 보니 제주의 작업실이 성산 일출봉 지척에
있잖아요. 바다에서 화산이 분출되면서 생긴 바로 그곳에요.
그 쾌감의 때가 자주 오나요?**

자주 오는지 안 오는지는 저도 잘 모릅니다. (웃음) 그렇게
좋은 날이 우리 인생에서는 많지 않다는 사실만 알고 있어요.
물론 정신적으로나 육체적으로나 어떤 식으로든 '추워야'
그런 몇몇 순간을 만난다는 정도는 알고 있습니다.

**이병률에게 시는 어떤 의미인가요? 시인의 내부를 들여다보는
일이라 질문이 조심스럽지만 이야기를 듣는다면 조금은 알 수도
있을 것 같아서요.**

영화 〈마션〉에는 흔하지만 아주 와닿는 대사가 나오죠.
남자 주인공이 죽을 고비 앞에서 그런 말을 해요. 자기는 중요하고
아름답고 위대한 일을 하다 죽었다고 알아달라고요. 그 말 앞에서
내가 쓰는 시를 생각하게 됐어요. 나에게 시는 무엇일까.
그리고 사람들한테 시는 무엇일까. 하지만 독백이기도 하고
어쩌면 누군가에게는 잠꼬대 같은 것이기도 한 그 질문을 붙들고
있는 것은, 내가 살고 있다는 느낌을 들게 하는 거의 '유일한'
것이기 때문이에요. 중요해요. 아름답죠. 아무도 몰라주더라도
그것이 위대한 거라는 걸 모르지는 않습니다. 내가 시를 썼다는
것만으로도 나의 소멸은 아주 편안할 것 같거든요. 어쩌면
나 혼자만이라도 조금은 위대했다고 믿으니깐 나한테 다시 태어날
최소한의 자격이 있다고 믿는 건지도 모르고요.
          아, 또 자신이 한 사랑 앞에서도 우리는…… 중요하고
아름답고도 위대한 일을 하다가 죽었다고 간절히 말할 수
있기를요. 부디.

**결국 시란, 아니 문학이란 사람이라는 생각이 들어요.
잔잔한 일상이 이야기로 전달되듯이 풀어내는 시들이 많은데요.**

대학 1학년 때 최하림 시인이 저의 시를 보시더니 일어나라고
하셨어요. "자네 시가 뭐라고 생각하나?" 주저하지 않고 말했어요.
"저는 사람이라고 생각합니다"라구요.

시 속의 이야기를 눈치 채셨는지 모르겠지만, 시 안에 들어 있는
이야기는 크게 두 가지로 볼 수 있을 듯해요. 사물과 사물, 그리고
사물과 인간이 이야기를 밀고 나가는 형태가 하나이고, 제가 직접
경험하고 만난 이야기 그대로를 시로 끌어 오는 형태가 그 하나인데,
전자는 상당히 정적인 자세에서 시를 만나는 것이겠고, 후자는
굉장히 적극적인 자세로 일상의 현장에서 시를 추출해내는
형식이겠지요.

　　　여행을 많이 다니는 건, 역시 피血의 핑계를 댈 수밖에는
없는데 그 다분한 방랑벽으로 혼자 떠난 곳에서 가만히 있거나,
아니면 낯선 누군가를 만나는 것. 이 두 가지를 동시에 행하는 것이
여행이라면 그 안에서 시를 생각하고 시의 실마리를 잡으려는
시간이 '의식儀式'이겠죠. 의식이라고 해서 거창한 것은 아니고
절대적으로 '혼자' 있음으로 해서 예민해져 있는 시간, 공간 속으로
자연스럽게 시가 스며들기를 기다린다고 할까요. 잘 알려진 것처럼,
그리고 인류의 많은 시인에게 그러한 것처럼 시는 오는 거예요.
성큼 먼저 가 있어도 안 되는 것이고, 끌어당겨서도 안 되는
것이에요. 그렇다면 기다리는 일일 겁니다. 마치 삶처럼 말이죠.
기다리다가 지치기도 하는 것이고 무언가가 와도 내가 온 것을
모르면 그냥 놓치고 마는 것이겠지요. 그것 또한 삶처럼 말입니다.

시란 기다리는 것이다……그런데 그렇게 시가 섬세해서
살아가는 데도 어려움이 상당 부분 있을 것 같습니다.

저의 시는 음성으로 치자면 낮고 여려서 결조차 느끼기 어려운
시일 겁니다. 그리고 섬세한 시를 쓰는 편이라는 생각인데 그래서
시에 쉽게 포착하기엔 어려운 이런저런 면이 숨겨진 것 같습니다.

안으로 멀리 뛰기 - 이병률 대화집

정확히는 숨기려는 게 아니라 '숨겨진' 상태에 가깝겠지요.
저 역시 제 시는 섬세한 것이 단점이라고 생각해요. 그러고 보니
스스로 섬세한 것이 단점이라 해서 그것을 벗어났으면 좋겠다,
하고 생각한 적도 없었네요. 낮은 사물에 대한 사랑과 관심을
수행하려고 타고난 운명이라고 봐도 되겠지요. 좀더 말씀드려도
된다면…… 저는 아주 작은 것, 아주 미세한 것 하나부터 쌓아
올라가요. 그건 생각도 삶의 방식도 시도, 모두 같습니다. 저는
작고 미세하고 섬세한 것만이 저의 편이라고 생각합니다.

왜 시인이 되셨어요?

이런 질문은 폐부를 찌르는 구석이 있네요. 정말이지……
왜냐하면 나도 나한테 자주 물으면서 살지만, 그 전에 물었던 걸
자꾸 까먹거든요. (웃음)
　　　사랑이 쉽지 않아서요. 사랑하는 사람 앞에서는
말이 안 되고 단어 동원도 안 되죠. 그래서 우리는 유독 밤에
시를 쓰는 건지도 모르지요. 막막한 밤에 할 말을 찾고,
단어를 떠올리는 사람, 시인은 그래서 생겨난 직업이니까요.
그래서, 시인은, 사랑입니다.
　　　징그럽게도 슬프게 태어난 운명은 어쩔 수 없는 것이고
그럼에도 불구하고 사람을 징그럽게도 좋아했으며 그 순간순간을
놓지 않고 손아귀에 꼭 쥐고 있는 그런 형국이랄까요. 그래서 저의
시는 그 모양인 것 같습니다. 낮고, 적막하고, 물기가 배어 있는
시요. 아니 어쩌면 청승을 약간 혹은 적당히 미적으로 포장한
것일 수도 있겠구요. 근사하게 이야기하지 않아도 되는 자리니까
고백을 하자면 그렇기도 하네요. (웃음)

현재를 살고 있는 시인인가요?

시대에 맞서는 시인이기보다는 '사람'에 맞서는 시인이에요.
하늘이 시인에게 어떤 역할을 부여했다면 그건 과연 무엇일까요.
그 답은 시인한테 있겠는데, 아니, 답이라기보다는 시인의 시와
시인의 삶 속에서 근거를 찾을 수 있을 것인데. 시인으로서 저의
역할은 다음 세대를 아름답게 물들이는 일입니다. 다음 세대가
세상에 대고 욕심을 휘두르거나 얕은 마음으로 세상을 보지 않게
하겠습니다. 좋은 시를 쓰는 사람이어야겠지요.

사람들이 많이 듣는 노래는 한결같이 훅Hook이 강하잖아요.
그래서일까요? 요즘엔 자꾸 바람 같은 노래를 듣게 돼요.
들렸다가 그냥 없어질 것 같은 그런 음악. 작가님의 글도 그런
바람 같아요. 이병률의 모든 시가, 모든 여행 산문이 서로 연결되어
있는 것처럼 보이는 이유도 그거 같아요. 바람의 느낌.
글을 쓰는 건 어떤 일인가요.

글을 쓰는 건 사는 것하고 똑같아서 '안으로 멀리 뛰기' 같은 걸
수도 있어요. 글을 쓰는 건 행복한 일이에요. 외로운 일이지요.
미친 짓이구요. 그러다 죽을 만큼 기쁜 일이구요.

글쓰기에는 '마감'이라는 게 따라 붙잖아요. 어떤 글을 써야 하거나
혹은 쓰고 싶은 상황인데 글이 써지지 않을 때는 어떻게 하세요?

있죠. 그런 순간이. 그냥 최선을 다 해야죠. 마감이란 반드시 어떤
식으로든 털어야 하는 거잖아요. 저는 방송 작가로 오래 일을

했었기 때문에 어떻게는 만들어내는 것, 써서 내는 것에는 익숙한 편이에요.

글을 쓰기 전에 생각하고 고민해서
거의 완성에 가까운 상태에서 쓰시나요?
아니면 쓰고 고치고 쓰고 고치고……?

쓰면서 형태를 잡아가는 스타일이에요. 맨 처음엔 흰 종이에다
글자를 막 투척해놓죠.

글쓰기의 원칙도 있으신가요? 이런 글에서는
현재진행형을 쓴다거나, 이런 어투를 쓴다거나 하는.

없어요. 몇 줄 쓰게 되면 그 글의 말투가 정해져요.
그렇게 쭉 써내려가요.

첫 시집을 막 펴냈을 때, 그 시절의 이병률은 어떤 사람이었을까요?
어떤 피부로 세상을 느끼고 어떤 눈으로 세상을 보고……
지금보다 더 젊었을 때였으니까요.

12년 전 정도 된 거네요. 세상이 아름답다고 철석같이 믿었던 시절.
첫 시집을 내던 날, 그런 생각이 들었어요. 나는 시와 제법 오래
갈 것 같다, 시를 오래오래 쓸 것 같다는 예감 같은 거요.
당시 서울 구기동에 마당 있는 조그만 집에 살았었는데
시집 교정지를 보내고는 '이 집에서 더는 살 수 없겠구나'라고
생각했어요. 다음 시집을 준비하려면 이 집을 나와야겠구나,

그런 생각. 그런데 막상 내 이름자가 박힌, 완성된 시집을 받았는데
별다른 느낌이 없었어요. 오랫동안 갖고 싶었던 첫 시집이었을 텐데,
대단해 보이지도 않고. 책이 나오면 부모님께 전해드리면서 우는
사람도 있거든요. 그래도 감정 하나를 가졌던 게 기억나는데,
현실적으로 막막한 뭔가를 느꼈었어요.

산다는 것의 막막함 앞에서 중심을 잡는 일도 어렵습니다.

사는 것은 순례라는 생각을 합니다. 멋있게 말하려는 것이 아니라,
우리는 어딘가를 헤매고 있고, 또 얼쩡거리고 있고, 거기서 재미든
의미든 뭐든 찾으려고 합니다. 그것은 단순하지가 않아요.
우리를 달라지게 하고, 방향을 만들게 하고, 지금보다는 나은 것을
갈구하게 만들어요. 걷고 만나고 느끼고 하는 모든 것들이 마음의
키를 키우니까 그 모든 게 순례지요.

갑자기 다른 얘기를 여쭙고 싶어졌어요. 이른바 전환하기?
죽는 건 무섭지 않으세요?

10년 전부터 안 무서워졌어요. 그때 아주 큰 일이 연달아
있었거든요. 우선 여자친구와 헤어지고 여행을 떠났어요.
그런데 그 친구가 계속 옆에 있는 것 같은 거예요. 그때 그 일로
동시에 가족 같은 친구 서너 명을 잃고 한 달 동안 집에만
있었어요. 내가 중요하고 소중하게 여겼던 사람들과의 관계가
막을 내렸는데, 그 고통 때문에 죽고 싶은 게 아니라 나는
너무 행복하게, 지금까지 잘 살아왔다는 걸 깨닫게 된 거예요.
아무렇지 않게 태어나서 걸음걸이를 배우고, 말을 배우고,

글을 알고, 세상을 조금씩 알아가고, 아름다움에 대해 가늠하게
되고, 몇몇 사람들을 사랑했고, 가족보다 더 많은 가족을
만들었고, 한 여자를 알았고, 그리고 막을 내렸는데……
그냥 한 권의 책을 산 거 같은 거죠. 그러니 여기서 뭘 더 쓰겠어,
라는 생각도 맥없이 찾아온 거죠. 삼십대 중반이었으니까,
그 상처를 핑계 삼아 여행도 다닐 만큼 다녔을 때였으니까.

안 해 본 게 없다는 선언 같은, 그때의 그 기분이 지금까지
저를 계속 지배하고 있어요.

죽을 때 가져갈 수 있는 건, 기억이에요. 그조차도 가져갈 수
없다는 건 너무 비관적이잖아요. 좋았던 시절에 대한 기억,
내가 사랑했던 순간들과 사람에 대한 기억들, 그것들은 내가
죽어서도 세상의 그늘을 만들거나 바람을 만들거나 하면서
어떤 식으로든 남아 있습니다. 그 기억하는 중량이랑 부피가
'위대한 정도'라면 좋겠어요.

2015년 12월 19일 타계한 지휘자 쿠르트 마주어가 생전에
이런 말을 남긴 적이 있어요. "음악을 한다는 건 어떤 면에서
사람들에게 죽음이 가까이 있다는 걸 느끼게 하는 겁니다.
왜냐하면 음악을 통해서 사람들은 아름다운 모든 것들은
언제든 끝이 있다는 걸 이해할 수 있기 때문이죠"라고요.
그건 시도 마찬가지일 텐데요. 작가님의 여행 산문과 사진의
어우러짐 속에서 저 역시 그런 걸 느끼거든요. 아름다운 것들은
모두 끝이 있다는 느낌. 끝나는 것에 대해, 죽음이라는 것에 대해
어떻게 생각하세요?

일단 나는 친구가 많아요. 죽음에 대한 본능 같은 거예요.

죽음에 대한 준비일 수도 있겠지만, 좋아하는 사람들과 같이 있는 시간은 늘리려고 해요. 저는 가족이 없잖아요. 만들지 않을 테고요. 안 만드는 건 나를 위해서라기보다는 만들게 될 가족을 위해서입니다. (웃음) 좋아하는 사람들을 친구로 삼는 건 많은 에너지가 됩니다. 하지만 사람들이 힘들어하는 것도 같아요. 나는 무척 까다로운 편의 사람이고, 그들 입장에선 나에게 조심스러워야 하니깐. 하지만 기준 같은 것은 지키려 하죠. 예를 들면 그런 것. 내가 여행을 가거나 집을 비우게 되어 내 집을 쓰고자 하는 친구에겐 기꺼이 빌려줄 것. 나는 내 집을 나 혼자만의 집이라고 생각하지 않아요. 그리고 친구이되 친구 이상의 감정으로 다가오지 말 것, 같은 거요. 후자는 여성의 경우겠지요. 많이 사랑하다가 죽을 것이지만 결혼 개념이 섞이는 이성의 관계는 안 생겼으면 하는 거예요. 하지만 어떻게 안 생기고 어떻게 막을까도 문제네요.

내가 어떤 죽음을 향해 가고 있다면…… 나를 좀더 의심하려고요. 하고 싶은 게 분명 있는데 도무지 하지 않는 나를요. 하물며 공원 같은 곳에서도 벌렁 눕고 싶은데 사람들이 볼까봐 눕지 못하는 나를, 친구들하고 소풍 가자고 하고 잔뜩 음식 만들고 싶은데 가자고도 하질 않고, 음식 만드는 일은 오버하는 것 같아 하지 않는 나를 의심하려고요. 하고 싶은 게 있는데 하지 않는다는 게 얼마나 자연스럽지 못한 일인지를 반성해야죠.

그리고 죽는다는 것을 생각할 때마다 사랑했으면 해요. 아직은 무엇인지. 누군지도 모를, 그 모두이며 수많은 것들을요. 죽음 앞에 아까운 것은 없어야죠. 무겁더라도 뒤돌아볼 것이 많아서 무거운 정도.

'무엇을 위해, 누구로 살았나'보다는 '누구로, 무엇을 위해
살았나'가 당장의 문제이겠고 나중의 중요한 지점이겠지요.

일주일 동안 혼자 있어도 좋은 곳을 아실 것 같아요. 쉴 수도 있고,
책도 보고 글도 쓰는 곳. 마지막 날에는 친한 사람들 불러서
술 한 잔 나누고, 같이 올라올 수 있는 곳이 있을까요?

산山 옆이 좋을 것 같아요. 치악산 옆, 월악산 옆, 설악산 옆,
지리산 옆이 생각나요. 산도 오르고, 술집도 찾고, 바람소리도
듣고, 그게 싫으면 도망쳐 나올 수도 있고…….

작업실이 있는 제주에도 자주 가시잖아요.
어느 쪽을 가장 좋아하세요?

제주에서는 동쪽, 서쪽이라는 말을 쓰잖아요. 저는 서쪽의
애월 부근이 편하지 않아요. 여기저기 간판이 너무 많아요.
외지인이 많이 들어선 비릿한 느낌? 지형도 좀 별로인 것이 어떤
드라마가 없이 그냥 판판하다는 느낌? 협재는 좋아하지만.
　　동쪽은 공항에서 성산 일출봉 방면인데, 오름이 많이
몰려 있는 지역에 한때 자주 갔어요. 아직까지는 성산이 좋아요.
세화, 평대도 좋고…….
　　제주는 겨울을 제외하곤 길가에 꽃들이 항상 때를
바꿔가면서 피어 있죠. 그 꽃들 때문에 저릿저릿해서 차를 세우는
일이 많습니다. 얼음이 살짝 얼 때 음악을 미친 듯 틀어놓고
운전하면서 숲을 다니거나, 저녁이 되어도 온기가 남아 있는
계절에는 어두운 길을 걷다 지쳐 어느 마을 입구에 있는 평상에서

쓰러지듯 잠이 드는 것도 해보고, 게도 잡고, 귤꽃 향도 맡고,
밤 수영도 해보고…….

묻에서 섬으로 입도한 사람들에 대한 관심도 있어요.
이른바 제주 이민자들. 북노마드에서 만드는 제주 여행 무크지
『섬데이 제주』에 '제주의 게스트하우스에서 만나 결혼한 사람들'을
소개하는 것도 좋을 것 같은데 어때요? 아마 백 커플도 넘을 걸요.
내가 아는 예쁜 커플도 소개할게요. 어떤 게스트하우스는
아침에 회비 만 원을 내면 저녁에 30~40명이 모여 바비큐 파티를
연대요. 나처럼 방문 꼭꼭 닫고 있는 사람이 아니라, 반바지 입고
추리닝 입고 술잔 들고 건배하고 한대요…… 아름답지요?
거기서, 마음이 맞는 사람들도 있는 거죠.

근데 제주에 온 사람들은 다 아름답더라고요. 제주는
사람을 그렇게 특별하게 만들어요.

작가님의 서재가 궁금해요. 아니, 집을 보고 싶어요.
책이 있는 어떤 풍경.

제주도 성산 근처에 연세^{年貰}로 빌린 작은 공간이 있어요. 일종의
작업실 같은 곳, 중간 중간 내려가서 쉬는 곳이기도 하고요.
돌담과 마당이 있고 귤나무 몇 그루도 있어요. 읽고 싶은 마음에
책들을 조금 옮겨 놓았는데 마당을 돌보는 일만으로도, 책 보는
것 이상의 즐거움이 있어요.

글을 쓰는 건, 아주 그럴만한

타당한 세포를 가지고 있어서예요.

화제를 돌려볼게요. 뮤지션 타블로의 소설집 『당신의 조각들』은
어떻게 세상에 나오게 되었나요?

유명인이 아끼는 물건 등을 가지고 나오면 해당 분야 전문가가
감정가를 평가해주는 텔레비전 프로그램에 타블로 군이 나온 적이
있어요. 다른 유명인들은 도자기 등 한눈에 보아도 돈이 나갈
법한 물건을 가지고 나왔는데, 타블로 군은 이랬대요. "저, 그동안
써놓은 소설들이 있어요. 가치가 얼마쯤일까요?" 그 장면이
나가고 여기저기서 출판사들이 찾아왔나봐요. 그런데 타블로 군이
진행하던 라디오 프로그램 작가와 제가 좀 아는 사이였어요.
그래서 물어봤죠.

- 그래서, 그 소설을 책으로 내는 거야? 어디서?
- 몰라요. 책으로 묶고 싶어 하는 것 같긴 하던데. 그런데 아직
  출판사도 정해지지 않았던데요.
- 원고 좀 보자고 얘기해줄 수 있어?

작가가 이 얘길 전했죠. 그랬더니 타블로 군이 다른 출판사는
일단 무조건 계약하자고 하는데, 그 사람은 누군데 먼저
글을 보자고 하는 거야, 라고 했대요.

그때까지 서로 아는 사이가 아니었군요.

아니었어요. 타블로 군이 『끌림』을 읽고 좋은 느낌을 받고 있긴
했대요. 얼굴을 본 건 그때가 처음이었어요.

- 만약 '달 출판사'와 책 작업을 하게 되면 언제쯤
  완성될 수 있어요?
- 아니…… 일단 원고를 보고요…… 조금이라도 보여주면 안 돼요?
  자신 있는 두 꼭지 정도만 봐요. 영어로 쓴 거라니, 내가 읽는 데
  시간이 걸릴지도 모르니까요.

먼저 단편소설 두 편을 주더라고요. 그래서 다 읽고는 그랬죠.
두 꼭지 더 줄 수 있어요? 그렇게 조금씩 조금씩……
그때 타블로 군이 (지금은 기자가 된) 방송인 조정린 씨랑 청소년을
대상으로 저녁 8시에 라디오를 진행하고 있었어요. 그러다가
개편이 있었는데 단독 디제이DJ로 밤 10시에 하는, 8시 라디오보다는
좀더 비중 있는 프로그램을 하게 된 거예요. 그때 타블로 군이
그 방송은 이병률 작가랑 하고 싶다고 PD한테 말했고, 처음에는
제가 '못해요'라고 했는데, 다시 생각해보니 어차피 책 때문에
일주일에 한 번은 만나야 할 것 같았어요. 그래서 〈타블로와
꿈꾸는 라디오〉 오프닝 쓰는 일을 같이했죠.

'당신의 조각들'이라는 제목은 원래 있던 건가요?

제가 지었어요. 원래는 타블로의 단편소설 중에 「쉿」이 있었어요.
그 제목으로 거의 확정됐는데 타블로의 부모님께서 아무래도
영어식 욕으로 들린다고 불편해 하셔서요.

그랬었군요. 타블로라는 유명인이 썼다는 이유가 컸겠지만,
분명히 기존 소설의 결과 달랐어요. 그때까지만 해도 『아프니까
청춘이다』식의 책이 없었기 때문에 그런 기능을 미리 앞서 했던
책이라는 생각도 듭니다. 이후 '힐링'이 상업적으로 소비되고
자기계발 주제로 흘러갔다는 것은 익히 아는 사실이고요. 그런
점에서 『당신의 조각들』은 그 직전에 마지막으로 순수한 마음으로
우리 시대 청춘에게 다가간 책이었어요.

대단한 소설이에요. 팬덤fandom 효과라고 가볍게 여기는 분도
있지만 전 확신해요. 타블로의 영혼이 아니면 쓸 수 없다는 걸요.
팬덤은 무슨? 그런 일반적인 재단 때문에 문화가 성장할 수 있는
토양이 썩어버리는 거죠.
　　　주변에 소설을 쓰는 작가 두 분한테도 읽혀봤거든요.
그런데 '심심하다' '누구나 쓸 수 있는 거 아니냐'라는 반응이었어요.
저는 절대 아니었거든요. '그 작가들은 쓸 수 없는 글'이라고
생각했어요. 당신들처럼 머리가 굳은 사람들은 쓸 수 없는 글인데,
그걸 보는 눈을 갖지 못했구나…… 무례하지만 그런 생각을
안 할 수가 있어야죠.

기성세대에게 그런 느낌을 받을 때,
그분들의 견해를 모른 척해도 괜찮은 거죠?

네. 인정하는 데 인색한 '인정 불능자'의 경우, 모른 척만 하기엔
많이 억울하고 그래요. 동시에 그렇게나 감이 없는 것이기도
한 거니까.

'생선작가'로 넘어갈게요. 타블로 씨의 경우 이미 인지도가 분명한
분이었지만, 『너도 떠나보면 나를 알게 될 거야』의 김동영 씨는
달랐잖아요. 라디오 방송, 음반 등 업계 내부에서는 알지만
독자들에겐 사실상 무명이나 다름없었잖아요.

2007년 9월에 나왔죠, 그 책이? 여행서가 막 쏟아져 나오던 시기였고
곧 서점가에 여행서로 홍수가 날 것 같았어요. '달' 출판사 첫
책이잖아요. 수많은 여행서 사이에서 어떤 한 획을 그으려면 당연히
1년 후의 시장을 생각해야 했어요. 그 무렵 북노마드도 '달'하고
비슷한 시기에 출판을 시작했으니까 당시 출판 시장 분위기를
알잖아요. 블로그에 바탕을 둔 여행서가 여기저기서 벚꽃처럼 터져
나오던 시기. 그것이 인문서건, 경제경영서건, 여행서건 책이라는
게 물리적인 시간을 들일대로 들여야 서점에 놓이는 건데, 시선을
잡기엔 약한 인상으론 안 된다는 판단이 있었어요. 그때 방송국에서
일을 놓친 김동영 군이 허탈하게 나를 찾아왔어요. 저 정도의
상실감이면 뭔가를 해낼 수도 있겠다 싶은 눈빛을 읽었죠.
　　당장 엄청 엄청 확실한 콘셉트로 이루어진 여행 에세이를
만들자고 제안했어요. 진솔한 것은 기본이고, 무슨 이야기를 하고
싶은지 분명한 책을 만들자는 거였어요. 그러니까 우선 1년 정도
여행을 떠날 수 있겠냐, 고 물으면서 어디를 가고 싶으냐고
물었어요.

어디를 가고 싶다고 하던가요. 몇 군데 후보가 있었나요.

아뇨. 딱 한 군데였어요. 미국의 66번 국도. 그런 생각은 들었어요.
쓰기 어렵겠구나. 하지만 이 선택은 뭔가 달라도 다르다 싶었던 거죠.

안으로 멀리 뛰기 - 이병률 대화집

당연히 돈은 넉넉하지 않을 테니 중고차를 한 대 사서 그 차를
팔고 오는 정도의, 블로거의 그냥 여행법이 아닌 외국 현지인이
여행하는 형태의 여행을 담자, 66번 루트 가운데 어디를 가도
상관없는데 작가의 심장이 떨릴 정도로 좋아하는 곳으로 가자,
(당시) 서른 살이 되었으니까 오롯이 '나에게 주는 선물'로 여행을
떠나자, 미국풍으로 권총을 휴대하는 건 어떨까, 원고는 책으로
묶을 분량의 150퍼센트 이상의 분량으로 써 달라, 그중에서
편집자인 내가 재미있거나 독자들이 좋아할 수 있는 것을
고르겠다, 라고 했어요. 김동영 작가가 그걸 다 따랐어요.
권총 빼고요. 권총을 소지했다면 그 책은 더 강렬했을 것이고
이례적인 책이었을 텐데. (웃음) 나야 원고를 끊임없이 요구하고,
신랄하게 모니터링하는 입장이었지만 김동영 작가는 엄청
힘들었지요. 나한테 칼을 꽂고 싶었을 정도로.

여행 작가가 되고 싶은 이들이라면 '교과서'로 삼아야 할 말씀이네요.
무작정 자기가 다녀온 후에 책을 생각하는 작가가 대부분이니까요.
저는 특히 김동영 작가의 두번째 책 『나만 위로할 것』이 좋았어요.
제목을 처음 본 순간…… 나는 왜 그런 제목을 생각 못했지?
나, 위로…… 어떻게 보면 부드러운, 그렇기에 특별하지 않은
제목인데 어떻게 이런 단정 짓는 느낌의 제목이 나올 수 있지, 라는
생각이었어요. 어떠셨어요? 그 제목 뽑아놓고 마음에 드셨어요?

……. (웃음) 얘기를 듣고 나니까 그 제목은 요즘 나와도
좀 될 것 같아요.

엄청요! 시간이 지나도 통하는 것. 무언가를 만드는 사람에게
그만한 가치는 없겠죠. 작가님이 이십대 때 마주한 이성복, 마종기,
허수경 시인들의 시가 여전히, 더 깊은 느낌으로 회자되는 것처럼
말이죠. 『나만 위로할 것』, 그 책을 처음 보던 날 '작가가
큰 선물을 받은 거 아냐?'라는 생각을 했어요. 같은 아이템으로
다른 출판사에서, 다른 편집자와 작업했다면 이렇게 나올 수
있었을까, 라는 생각. 『여행하듯 랄랄라』 역시 제목에 '랄랄라'를
넣을 수도 있구나, 라는 생각을 했구요. 여행의 기분을
잘 나타내는 글자이긴 하지만 그걸 제목에 쓸 생각은 못했거든요.
하긴 '달' 출판사 초창기 책 가운데 파리의 디저트 책인
『빵빵빵 파리』도 제목이 신선했어요.

이상했는데요.(웃음) 근데 나는 그 이상한 제목들이 굉장히
자연스러웠거든요. 『빵빵빵 파리』의 경우, 저자의 블로그를 보고
'아, 이 사람 책을 내보고 싶다'라는 생각이 들었어요. 그리고
운전을 하고 그분을 만나러 가는 길에 그 제목이 떠올랐어요.
그분을 만나자마자 얘기했죠.

- 책 제목은 정하고 나왔습니다.
- 뭔데요?
- '빵빵빵 파리'입니다.
- 그게? 뭐예요??

그런데 몇 시간 후 그분으로부터 문자 메시지가 왔어요. 집에 오는
길에 일부러 걸어왔다고, 곰곰이 생각해보았다고, 그런데 제목이
좋아지더라고, 나중에 그 이름으로 베이커리 카페를 열어도

되냐고……. 단 한 줄의 원고도 나오지 않은 상태에서 베이커리 카페를 열어도 되겠냐고 해서 '와, 그 카페 대박 나겠네요!' 그랬죠. 책 나온 후에 카페도 열었는데 잘 됐구요.

다른 사람의 생각과 경험, 그리고 글을 가지고 책을 편집할 때 가장 중요하게 생각하는 부분은 어떤 점이세요?

사람들이 좋아하는 것을 쓸 수 있는 시각을 가졌는지, 사람들에게 열려 있는지, 더 중요한 건 자기 아닌 다른 사람들에게 관심이 있는지를 봐요. 사람을 좋아하고 사람한테 관심이 있으면 안 보이는 것까지를 보게 되지요. 자기한테만 관심을 갖고 있는 사람이거나 자기 세계에만 엄청난 것들을 쌓아두는 사람이라면 어떤 작가든 실패하겠지요. 가벼운 에세이를 쓰더라도, 자기 이야기는 물론 남의 이야기를 쓰더라도, 자기 안에 꼭꼭 갇혀 있는 사람은 그 씨앗이 발아를 못해요. 출판 일을 하면서 그 점을 많이 중요하게 생각했어요. 어떤 원고의 방향을 평가할 때도, 글을 손볼 때도 그런 부분이 중요했어요.

출판 트렌드도 예측이 가능할까요?

예전에 윤종신 군하고 책 이야기를 나누다가 윤종신 군이 나한테 이렇게 물은 적이 있어요. "요즘 출판 쪽은 힐링이 대세라면서요? 다음 코드는 뭐가 될까요?" 난 그때 '위안'이라고 대답했어요. 결국 힐링이나 위안이나 같은 말이겠죠. '힐링'은 누구나 입에 올리는 유행하는 말이지만 '위안'이라는 말은 좀 깊이 있는 말처럼 느껴져서였죠. 이제는 '자존감'이 아닐까 싶습니다. 일어설 기운을

책에서 찾고 자신을 사랑하는 법을 책에서 찾는 거죠. 책이 그런 걸
해줄 수 있다면 움츠렸던 관계 앞에 당당하게 서게 되는 거죠.
하지만 책의 원래 기능에는 자존감을 찾는 능력이 포함되어 있어요.

그럼 작가들은 그런 트렌드를 어느 정도 반영해서 집필을 해야
한다고 생각하는 편이세요?

그럼요. 출판사에서 기다리는 사람은 결국은 그런 필자들이에요.
하물며 문학이라고 하더라도요.

많은 작가들은 자기 원고가 좋다고 생각하는 편이잖아요.

그게 그 직업의 사람들이 할 수 있는 최선이잖아요. 그 원고로
책이 묶이면 잘 될 거라고 판단하구요. 여기서, 잘 될 거라는
의미가 하나는 아니지요. 책이 '많이 팔릴' 것이다, 라고 믿는 것과
'오래 남는' 책이 될 것이다, 라는 두 개의 의미 정도일 텐데.
　　　　좋은 원고라도 되어야 책은 팔린다는 겁니다. 좋은 원고인지
아닌지는 책을 편집하면서 순간순간 알게 되거든요. 책이 안 팔리면
출판사 탓하는 경우도 있는데, 최소한 좋은 원고를 써서 줬으면
해요. 편집하면서 막 신나는 책이요. 팔리는지 안 팔리는지는
그다음 문제이고 말이죠.

평소에 교보문고 등 서점에 가서
어떤 동향을 살피거나 그러진 않으세요?

네, 안 가는 편이에요.

가지 않아도 어떤 흐름을 다 아실 것 같은…….

뭘 알겠어요. 전혀요. 서점을 좋아하지만, 사람이 많아서
그렇겠지만 갈 때 마음하고는 금방 달라지고 금방 피곤해져요.
나오면서 드는 생각은 대피하는 기분이 들죠.

저도 그래요. 서점이라는 공간이, 특히 대형 서점은 백화점에
온 듯한 기분이 들어요. 소진된다고 할까요.

나만 그런 게 아니군요. 혼이 빠져요. 그래도 하는 일이 그러니까
가기는 해요. 가더라도 젊은 성향의 잡지나 무크지 코너에는
들르려고 하는 편이에요. 감각의 흐름이나 '정도'는 알고 싶어서요.
그래도 이 현재가 지금 어떤 상태인지, 그런 흐름을 알아야 할
필요가 있지 않을까 싶어서겠죠.
        지금 우리나라가 어떻구나, 라는 건 대학생들을 만나는 게
도움이 돼요. 회사 후배들과 식사를 하다보면 그들이 툭툭 던지는
대화 속에서 배우게 되는 것도 있고요. '사람'은 늘 많은 걸
가르쳐줘요.

출판 등 어떤 '기획'이라는 것에 그런 고정관념이
따라붙잖아요. 흐름, 동향……

저는 무심한 편인 게 흐름, 동향이 있다고는 해도 제가 읽을 수
있는 영역이 아니라고 생각해서예요. 그냥 우리나라는 '평균'이
이끌어가는 나라인 것 같아요. 평균 이하일 수도 있고요. 아니,
평균의 불감증에 걸려 있는 건지도요. 사회 각 분야의 지도자라는

사람들도 평균에 못 미치는 사람이 이끌어나가는 것처럼. 어떤
분야든 평균을 내는 게 쉬운 나라인데 흐름이나 유행에 대해 깊이
분석할 필요가 있나 싶어요. 사람들이 어떤 텔레비전 프로그램을
좋아하는지, 어떤 스타한테 몰리는지, 특정 세대의 관심은
무엇인지, 어떤 패션이 유행인지…… 단번에 그냥 나오잖아요.
아, 요즘 십대 후반은 '추리닝'이라고 불리는 트레이닝복 패션이
유행이구나, 요즘은 모자가 유행이구나, 그런데 미국풍 모자구나,
요즘은 화장을 이렇게 하는구나. 사람들이 미친 듯이 달려가서
보는 영화가 있고, 보지 않으면 대화가 되지 않거나 소외감마저
느끼는 드라마가 1년에 두세 개는 꼭 나오고, 남자가 요리하는
모습에서 외롭고 허기진 사람들이 어떤 판타지를 찾으려는
모습들. 그 모든 걸 평균치의 정서와 취향들이 다 몰아주는
거예요. 그 보편의 기류 속에서 책을 '읽는' 모습은 보이지 않죠.
그럼에도 불구하고 책을 읽는 사람들이 여전히 존재하는 건,
'책에 뭔가가 있다'고 믿는 사람들만 책을 읽기 때문이에요.
그게 책의 미래이자, 책의 '최선'이에요.

**그 평균치가 뭔지 확실히 알 것 같지 말입니다. (웃음) 책이건
음악이건 이제는 '나영석(PD)'과 경쟁해야 한다는 얘기도
있으니까요. 콘텐츠의 문제일 수도 있겠지만 방송이라는 '유통'의
힘이 너무 막강한 것도 있죠. 방송은 내가 보고 싶은 생각이 없어도
계속 쏟아지는 채널을 마주할 수 있지만, 책은 그렇지 않잖아요.**

우리가 요리 프로그램에 열광하는 이유는 우리가 '대접'받지
못하고 살고 있기 때문이라는 생각이에요. 대접 받을 가능성이
없는 시대를 살고 있잖아요. 막상 요리를 하려면 어마어마한

시간과 귀찮음과 지갑 사정까지 괜찮아야 하는데 음식을
만들면서 나를 웃겨주는 아저씨가, 나를 그 장소로 데려간
듯한 설정으로, 나를 위해 음식을 해주는 듯한 '가상현실'을
받아들이는 것쯤이야 책을 읽는 일하고는 비교가 안 되지요. 책도
'몸'으로 읽는 거예요. 눈으로 하고 정신으로 소화시키는 일인 것
같지만 철저히 몸에 배어야 할 수 있는 행위예요. 그러니까 그냥
일반화시켜서 요즘 사람들 책을 읽지 않는다, 요즘 서점에서 책이
안 팔린다, 식으로만 말할 일도 아니지요. 책 안 읽고 책 안 사는
게 죄도 아니고, 죄의식을 갖게 하는 것도 할 일이 아니고요.
성장 환경, 교육 환경을 포함해서, 그마나 정신적인 가치를 좇는
시대적 분위기 등이 평균을 평준으로 함몰시키지 않고, 그 이상을
바라보게 할 거거든요. 그렇지 못한 상태에서 모든 것들, 많은
것들이 이가 맞지도 않으면서 맞물려 가고 있는 거죠.

　　　최근에 사람들이 엄청 본다는 주말 예능 프로그램을
보다가 기절을 했어요. 섬에 있는 초등학교에 가서 섬 아이들과
스타들을 한 팀으로 묶어 놓고 세 팀이 경쟁을 합니다. 앞에는
선물들을 쌓아놓고 말입니다. 프로듀서가 앞에 앉아서 무슨
문제를 내냐 하면 한 팀한테 제시어를 주면 그 제시어에 맞는
한 가지 행동을 하는 것이고, 아이도 어른도 그 행동이 일치해야
하는 겁니다. 제시어는 '탁구' '패션모델' 등등입니다. 한 팀 모두
행동이 일치하지 않으면 틀린다고 하면서 점수를 주지 않습니다.
'상상력을 키우는 성지'에 들어가 그런 짓을 하고 있는 게
놀라웠습니다.

　　　아이들은 여러 상상력으로 그 문제를 소화할 권리가
있습니다. 답이 하나가 아니라는 사실을 우리는 알고 있어요.
일치할 수 없다는 것을 어떻게 모를까요? 그것도 사람들이

많이 본다는 프로그램에서…… 지금까지 우리가 받아온 것이
그런 수준의 교육이어서 나라가 멍청해지고 있는데 아이들이
뛰어놀고 공부하는 아름다운 곳에 들어가서 방송이랍시고
어른들이 하는 일은 고작 그런 수준입니다. '정답'과 '점수'와
'우승'과 '경쟁'이란 말이 넘치는 텔레비전을 통해 시청자들이,
국민이 받을 영향은 엄청나고 또 뻔합니다. 여전히 텔레비전이
그 정도인 줄은 몰랐어요.

평균이 활보하는 세상이 마뜩치 않아서 여행을 떠나고,
떠나고, 또 떠나는지도 모르겠어요. 작가님이.

그럴지도요. 여행을 다녀오면 대한민국의 평균이 당혹스럽죠.
자극받을 게 없는 곳에 살고 있구나 싶은, 일종의 충격 같은 거죠.
중학생 때는 고등학생이 뭘 입는지, 뭐하고 노는지가 궁금하죠.
그러다 고등학생이 되면 대학생이 뭐하는지가 궁금하고요.
어른이 되어서도 그건 변하지 않을 거라고 생각을 하는데
어른이 되는 과정에서 '정지 상태'가 되는 건가요? 다르게 사는 건
어렵더라도, 다르게 사는 사람이 있다는 걸 인정하는 것마저
어렵더라도…… 세상은 충분히 다른 걸로 꿈틀거리고 있다구요.
　　우리가 진정으로 자극받는 건 그런 평균이 아니에요.
우리는 평균한테 이끌리지도 않아요. 나한텐 그런 믿음이
있습니다.

두루마리 화장지 가운데는 두꺼운 종이로
심 같은 게 말려 있죠. 그거 없으면 두루마리
화장지가 아니죠. 우리한테도 그거 있어요.
그게 없는 사람도 있다는 게 문제라면 문제겠지요.

특별한 가치를 만들어내는 사람, 그런 가치를 품고 있는 사람이
보통과 평범함을 말하면 이야기가 되지만, 평범한 사람이 평범함을
말하면 재미없는 거죠. 생각해보면 책을 만들고 미술에 대해 강의를
하며 사는 제가 중간중간 힘들 때가 그럴 때인 것 같아요. 내가
하염없이 평범해질 때, 평범하다고 여겨질 때, 평범하다고 결과가
나타날 때……. 누군가에 의해, 누군가와 비교당할 때, 그럴 때
말이죠. 시인으로서, 출판사 대표로서 시간을 돌이켰을 때 후회되는
것도 있으세요? 이 질문을 하는 이유는…… 글을 쓰고 책을 만드는
일이 결국 누군가에게 평가받는 거잖아요. 세상 모든 일이 그렇듯이.
저의 경우 한 권의 책을 만들고 난 후, 강의를 마치고 난 후가 가장
힘들어요. 자존감, 자신감이 바닥을 쳐요. 좋지 않은 내향성이
생겼다고 할까요. 생산적인 내향성이 아닌 스스로 사그라지고
고꾸라지는 내향성.

누구나 자기 단점을 잘 알잖아요. 저는 제 성격이 문제가 있다는
걸 일찍 알았기 때문에 '몇 가지는 절대 하지 말자'라고 엄중하게
정했어요. 그중 하나는 '매달리지 않기'예요. 그건 일을 할 때도
마찬가지여서 아니다 싶으면 뒤돌아보는 법 없이 접어요. 저의
이상한 '성질' 탓이기도 할 테고, 의미 없는 일이라고 여기고 내가
시간을 쏟기 싫은 상태일 수도 있고, 애걸복걸하며 일하고 싶지
않다는 거죠. 저는 비겁한 성격이어서 발전이 어려운 사람이라면,
윤대표는 발전 가능성이 많은 사람인 거예요.

꿈을 이루고 살고 계신가요?

어렸을 때 가졌던 꿈에 출판사를 하고 싶은 것도 있었는데,
그러네요. 출판사 일을 하는 건 쉽지 않은 일이지만 좋은
스태프하고 어떻게든 꾸려가고 있어요.
　　　그런데 모든 게 자연스럽게 물 흐르듯 온 건데 지금
뒤돌아보니 소름 돋으면서 끔찍하기도 하네요. 지금 과거를 돌아볼
나이가 된 건 아니지만 그래도 돌아본다면, 어떻게 십대 때
가졌던 꿈들을 하나하나 실현하면서 살 수 있었을까…… 싶어요.
아, 십대 때 파리에서 살고 싶은 꿈도 가졌었어요. 정말 막연하게
파리에 가서 그림을 그리고 싶다는 생각으로요. 그림을 그린 건
아니지만 파리에서 살아봤고 그때의 꽤 어려웠던 시절이 나의
부드러우면서도 강한 근성을 이루었다고 생각해요. 차마
돌아보기도 싫은 시간을 살았던 것 같은데 그게 왜 돌아보기
싫었던 건지…… 그런 막막함 없이는 도저히 통과할 수 없는
시간이란 게 우리에겐 있는 거죠. 결국엔 비로소 시간이 흐르고
나서야 좋았다고 진정 말할 수 있는 시간이요. 꿈은…… 살아
있다는 증거니까 꿈을 꾸고 있다는 감각 없이 꿈 자체가 늘 나를
따라다니고 있지 않나 생각돼요. 꿈은 이루지 않아도, 이뤄지지
않아도 그걸 가지고 사는 만큼 사람을 살아 있게 하죠.
우리는 살고 있는 것 같지만 사실은 '꿈'을 꾸고 있는 거잖아요.

그래도 아직 하고 싶은 일이 남아 있을까요?

건축을 하고 싶어요. 자꾸 여러 번 머뭇거려지는 건, 작은 일이
아니라는 거죠. 이를테면 엄청난 유물이 나올까봐 그 땅을 파지

못하는 것도 있고, 땅을 파다가 그 깊이에 갇혀 나오지 못할 것
같아 땅을 닫아버리는 일이 생길까봐 땅을 파지 못하는 것도
있을 거예요. 이젠 벼룩시장도 가질 않아요. 뭔가를 사게 될까봐.
예전부터 카페를 하는 꿈을 10년 정도 꾸었는데 이젠…….

벼룩시장에서 사는 건요?

접시랑 술잔이에요. 처음엔 그때그때마다 생각나는 사람을
떠올리면서 샀습니다. 이런 잔에 차 같이 마시면 좋겠네, 이런
잔에는 술 한 잔 같이 할 수 있으면 좋겠지 하면서요. 또 어떤
때는 그랬더라구요. 배고프면 접시를 사고, 목이 마르면 마알간
유리잔을 사고…… 그게 얼마나 많은지 술집이나 소박한 식당을
내도 될 정도예요. 하지만 그런 가게를 내진 않을 거예요. 여러
번 마음을 먹고 여러 번 마음을 접고 하는 과정에서 이미 충분히
행복했고 공부도 됐으니까요. 뭔가 다른 단계, 새로운 전환?
그런 걸 찾고 있는 시기이기도 해요. 요즘.

술집, 소박한 식당, 카페…… 언뜻 시인 이병률이 하는 그곳은
얼마나 좋을까, 속된 생각을 더하자면 얼마나 인기 있을까, 라는
생각이 들어요. 하지만 불과 수초 내에 여러 번 마음을 먹고 접으며
충분히 행복하셨다는 말이 더 좋아져요. 사실 술집, 식당, 카페……
너무 많잖아요. 특히 출판사들이 하는 밋밋한 카페는 더욱요.
대신 뭔가 한 단계, 다른 전환이 필요하다고 하셨는데
어떤, 그림을 가지고 계실 것도 같은데요.

프랑스에 사는 송영희 선배란 분이 있는데, 도예가인 선배는
파리에서 두 시간 떨어진 르아르 강이 있는 곳에 작업실을 가지고
있어요. 원래는 폐교였는데 그 집을 고쳐서 사용했었지요.
사람 손이 많이 가는 공간인데 얼마 전에는 그곳에 가서 마당에
꽃을 심고 벽에 페인트칠을 하고 그러고 지냈어요. 그냥 단순히
내 도움이 필요할 것 같아 지내면서 며칠 집을 가꾸었던 건데
정이 들었고 그곳에서 오래 지내고 싶다는 생각을 했습니다.
이번 여름에도 건축하는 친구 부부, 목수 일을 하는 친구 커플과
그곳에서 지내면서 집을 손보기로 했어요. 마당이 아주 넓고,
주변엔 숲과 강 풍경이 좋은 프랑스 시골만의 사랑스러우면서도
푸근한 느낌이 있는 곳인데 집한테 마음을 주면 집도 사람한테
잘해주게 된다는 걸 이번에도 알게 되었습니다.

이런 것처럼 내 앞에는 굉장히 무수한 볼링 핀이 놓여 있어요.
그걸 내가 가진 공으로 넘어뜨릴 수 없을 때는 다른 힘으로 대신
지워야 하죠. 문득 떠나고, 떠난 그곳에서 애를 써야 하는 일들이
있잖아요. 그곳에서 어떤 식으로든 집중을 하고 있으면 서서히
다른 단계로 진입하는 기분이 들어요. 예를 들어 이 사랑은
끝내야겠다 싶은 거라던가…….

사랑을 끝내려고 떠나기도 한단 말인가요?

사랑을 잊기에 그만인 곳이 있습니다. 알려드릴게요. 핀란드,
겨울의 국도예요. 눈이 덮여 있어서 길이 분간이 안 되는 길
양옆으로 침엽수들이 눈을 뒤집어쓰고 있어요. 핀란드 설국의
풍경은 오로지 그것뿐입니다. 차 안에서 시간이 지루하면 눈을
뒤집어쓰고 있는 모습을 보면 되는데 그것도 곧 지루해지죠.

그 풍경 앞에서 문득 말이죠. 이상하도록 내가 살았던 방식은,
내가 좋아한 사람에 대한 감정은 복잡한 게 아니었을까 생각하게
되는 거죠. 지루한 것으로부터 우린 명료한 것을 찾게 되는지도
모릅니다. 사랑이 지루하다던가, 이만큼의 행복이 지루하다던가,
더는 참을 수 없을 것 같은 지점에서 뭔가 명료해지는 것처럼요.
이상하게 인생은 숨통을 따라서 그렇게 돼가는 거죠.

핀란드, 겨울의 국도…… 가보지 않았는데도 그림이 그려져요.
풍경의 심장에 찔리지 않으려고 조심하면서 모른 척해야
(「겨울의 심장」) 할 것 같은 그런 느낌. 그렇게 자주 몰입하는
편이세요? 그래서 우리가 작가님의 글에 몰입하는 거겠죠?

자극이 필요해서 몰입을 하게 되는 일들이 있지요. 온전히
원해서가 아니라 단순히 자극을 받으려구요. 에너지가 필요하면
좋은 에너지를 가진 사람과 교류하거나, 하다못해 안 좋은 에너지를
가진 사람을 만나 그 사람에게 뭔가를 주려고 나 자신에게
부채질을 하게도 됩니다. 여행도 내겐 마찬가지예요. 누가 보면
미친 사람처럼 돌아치는 것 같겠지만 나한테 여행은, 자극을 찾아
어슬렁거리는 형태이기도 해요. 그러고 보면 자극이라는 건, 돌과
돌이 부딪쳐서 불을 내듯이 낯선 것하고 내가 부딪쳐서 불을
일으키는 것과 같은 거네요. 사람하고 내가 부딪쳐서 불을 내는
것도 내가 참 즐기는 일이고 기다리는 일이지만요.
　　　불 이야기가 나와서 하는 말인데, 불을 피울 때요.
불을 지속할 수 있는 건 바람의 적당한 힘이에요. 불을 일으키는
것으로 끝나는 게 아니라 바람이 늘 옆에 있어야만, 그리고 늘
바람을 지니고 있어야만 적당한 불꽃을 유지할 수 있는 것처럼요.

당신을 좋아하려면 바람이 불어야 하듯이 말이죠.
바람이 분다 당신이 좋다…… 사랑에 빠지면……
작가님은 어떻게…… 되세요?

흐물흐물해집니다.

(웃음) 어떤 흐물거림인가요?

이런 비유가 있잖아요. 저 사람은 개 과*다, 저 사람은 고양이 과다,
하는 비유요. 개는 사람한테 자기를 다 보여준대요. 그러다 사람이
모른 척하거나 딴전을 피우면 가서 모든 걸 동원해서 애정을 받으려고
하는 거죠. 반면 고양이는 '음, 너란 사람은 이렇구나. 그래, 나는
너 없이도 잘 살 수 있어'라고 연기하다가, 그 와중에 자기 세계에
몰입해서 흠뻑 잠을 자기도 하고, 그러다가 벌떡 일어나서 '넌 날
사랑할 수밖에 없지'라는 식으로 여기고, 다시 가서 혼자 졸고,
그러다 '그래도 네가 나한테 밥을 주는데 이것 좀 줘볼까?' 하면서
약간의 애정을 보이는 식인 거죠. 저는 어느 쪽일 것 같아요?
저는 개입니다……. 완전히 망가질 대로 망가지는 사랑, 추한 걸
다 드러내 보이는 것도 사랑이라고 생각하는 사랑을 하더라구요.

음…… 그렇다면 저도 '개'입니다. (웃음)
암튼 사랑은 주는 게 낫다는 거네요.

주는 건 좋죠. 줌으로써 나를 완전히 지워내는 기분도 좋은 거죠.
주는 게 사랑인 것 같아요. 완전히……. 그게 사랑이죠. 그렇더라도
결국 사랑의 속성은 자기를 사랑해서 하는 거예요.

나를 너무 사랑하기 때문에 그 시기에 괜찮은 사람도 보이는 거죠.
그 사람을 사랑하는 자기가 너무 괜찮아서 좋은 화학물질이
몸 안 가득 막 도는 거죠. 결국은 나와 그 사람이 함께 자기 자신을
사랑하기…….

그래도 여행은 '혼자' 가지 않으세요? 「유럽 종단열차」라는
시에서였던가요. 국경을 앞둔 루마니아 어느 작은 마을에서 내린
노부부가 호밀빵 반절을 건네며 왜 혼자냐고, 혼자여서 쓸쓸하겠다고
말했다는 그 시 말이죠. 쓸쓸함이 차창 밖 벌판에 쌓인 눈만큼이야
되겠냐 싶어하며 씩씩하게 빵을 베어무는 시인의 모습이 그려집니다.
사랑하는 사람과의 여행이…… 사실 불편하잖아요.

사랑하는 사람하고 여행한 적이 거의 없어요. 가서 싸우게
되잖아요. 사랑하는 사람과 여행을 하는 건…… 사랑하기 때문에
너무 신경 쓰게 되고, 그래서 내가 자꾸 실수하는 거예요.

실수를 해요?

나는 여행지에서라는 특별함 때문에 그 사람에 대한 기대 같은
것들을 하게 되는데 그 자체가 실수인 거죠. 그 사람은 다른
리듬이 있는데, 물론 나에게도 나름의 리듬이 있는데 계속 같은
시간을 같이 지낸다는 게 쉽지는 않은 거죠.
　　　언제 세 사람이 여행을 떠난 적이 있었거든요. 즉흥적이었어요.
한 사람은 뮤지션, 한 사람은 사진가. 베니스였는데. 나는 베니스를
잘 아니까 안내하고 이끄는 역할을 맡았죠. 근데 한 사람이
그러더군요. '이병률을 반나절 동안 놓아주자. 저 사람은 자기 하고

싶은 게 있는 사람일 테니.' 그래서 나 아무것도 할 게 없다고
했죠. 그랬더니 '아무것도 하지 않더라도 혼자 지내고 저녁에나
만나자'라구요. 깜짝 놀랐어요. 누군가 나를 읽고 있다는 것도,
내가 어떤 사람인지를 알고 있는 것도 놀랄 일이잖아요.
물론 혼자 있으면서 날개를 단 것 같았죠. 근데 단순히 그게
좋은 게 아니라 혼자여야만 비로소 정말 나인 것 같은 기분에
빠진다는 게, 참……

사람을 좋아하는 일은 내가 그 사람에게 어떻게 보이느냐의
'상태'를 자꾸자꾸 신경 쓰게 되는 것이라는 작가님의 글이
생각납니다. 조금은 다른 각도로 이야기하셨지만 사랑하기 때문에
신경을 쓰는 것이고 결국 그것 때문에 결과가 나빠진다는 말이
인상적이에요. 하지만 그 '신경조차'도 쓰지 않는 단계는 자연스레
오지요. 그런데 그 단계가 한편으론 편하지만 동시에 참 슬프잖아요.
내가 그토록 애가 닳도록 사랑했던 사람인데 이젠 아무렇지 않게
되다니, 헤어짐을 예감해야 하다니, 그 헤어짐을 기다려야 하다니.

세상에는 신이 관여하지 않는 한 가지가 있는데 그게 '사랑' 같아요.
신은 인간을 만들었지만 사랑은 인간이 알아서 만든 감정 같아요.
인간의 자격으로 인간이 필요해서 만든 감정이요.
　　신은 사랑을 이루어지게도 하지 않고 헤어지게도 하지
않아요. 모두 인간이 알아서 하는 일들이라고 내버려둔 것이죠.
하지만 인간은 사랑으로 엉켜 있고 그 힘으로 세상을 살기도 하고
세상을 죽기도 하는 거예요.

결혼은…… 안 하실…… 거죠?

　　　　네, 별로……. 결혼이라는 제도를 좋아하지 않아서. 그러기엔 내가
　　　　이기적인 사람이라서요. 얼마 전, 친한 후배가 결혼을 했거든요.
　　　　그 후배가 그러는 거예요. "결혼에 대해 그게 없어요. 감동이."
　　　　속으로 '아……' 그러면서 이상하게 물개 박수를 쳤어요.
　　　　결혼에 대한 생각은 그냥 유아적인 수준이에요. 결혼한 사람은
　　　　누군가를 사랑하면 안 되고, 또 결혼하지 않은 나 같은 사람도
　　　　역시 결혼한 사람을 사랑하면 안 되잖아요. 그런 것처럼 결혼은……
　　　　안 된다고 하는 것들 투성이일 테니까 안 할 거예요.

저는 결혼은 했지만, 그게 무슨 말씀인지 알겠어요.
세상의 '제도'라는 게……. 그래서 저는 세상의 관계를 사랑이 아닌
'우정'으로 봤으면 해요. 사랑보다 길게 가는, 사랑보다 나에게
도움이 되는. 사람과의 사람 사이뿐만 아니라 정치, 경제, 사회, 문화
모두 포함해서요.

　　　　그럼요. 우정이라는 개념은 그래도 최상의 가치죠. 우정이라면
　　　　나도 한다. 결혼! 하지만 결혼의 속성이 어디 그래요? 결혼은
　　　　어쨌든 뒤집어져서 하는 거잖아요. 우정이 뒤집어지나요?
　　　　우정으로는 두 눈이 빨개지지도, 두 눈이 멀지도 않잖아요.

그거에 혹 하나 봐요. 우리라는 족속이.
하지만 삶에 더 필요한 건 우정인데, 왜 그 이상을 가려고
저렇게 애를 쓸까요, 우리는 대체 왜 그런 걸까요?

그 사람과 잠을 자지 않았다면 더 오래 만날 수 있었는데,
그 사람과 잠을 잤기 때문에 만날 수 없는 사람들이 너무 많아요.
우선 나부터……

오…… 이 얘기 실어도 되나요?

그럼요. 그 사람과 결혼하지 않아도 섹스할 수 있고, 다시 만나
더 좋은 섹스를 할 수 있는 친구가 되면 좋잖아요. 그런데
그 사람과 평생 섹스할 거라고 생각하고 결혼을 하는 경우,
그런 풍부한 기회들을 빼앗죠. 결혼을 하지 않은 관계에선 섹스가
중요한 일이었을 텐데 섹스보다는 어려운 일들을 치러야 하니까요.
감정이 분할되면서 소멸을 거치면서 고스란히 생활만 남지요.

최근에 '달'에서 나온 김얀 작가의 『낯선 침대 위에 부는 바람』의
부제가 '야하고 이상한 여행기'잖아요. 김종관 감독의 『그러나 불은
끄지 말 것』도 그런 맥락이고요. 그 책들도 저는 느낌이 참 좋았어요.

저는 그런 책만 내고 싶어요.

의외로 그런 책이 잘 어울리……세요.

그래요? 제가 좀 변태 느낌이군요. 변태, 맞아요.
        엊그제 누나가 길에 지나는 길에 비도 안 오는데 우산을
쓰는 여자, 이야기를 했어요. 몇 번을 봤는데 우산을 쓰고
다닌다고. 그래서 제가 그랬습니다. "누나, 동생 생각해서 그런
사람 봐도 그냥 좀 참아."

그 책들은 만들고 싶어서 만들었다는 느낌이었거든요.
그 책들은 어떤 관점과 느낌으로 기획하고, 저자를 찾고,
글의 흐름을 잡으셨어요?

김얀 작가가 적은 분량으로 글을 써서 보여줬어요. 서로 만나서
책 얘기가 오가는 중에 작가가 이런 말을 하는 거예요.

- 트위터 하시죠?
- 네.
- 트위터를 보면 사람들이 다 속이고 있어요. 속에 있는 걸
  꺼내놓고 건강하게 지내지 못하고 다들 숨기고 있어요.

맞다, 고 생각했어요. 그 후 몇 번 만나고 얘기를 나누는데,
야한 이야기를 어느 선까지 쓸 수 있다고 솔직하게 대답하는
거예요. 그래서 그랬죠. "그런 글을 쓰세요. 우리는 동물적인
것에 끌릴 수밖에 없거든요. 그리고 그런 글을 쓰는 작가를 우린
기다리고 있었습니다." 작가가 야한 글을 쓸 때마다 찬사를 아끼지
않았어요. 제 속이 다 후련한 거예요. 야하다는 그 사실이
너무 좋았어요. 사실 '달'에서 그런 책을? 이라는 평도 있었지만
그 책을 소화할 수 있어서였는지 '달' 마케터가 영화감독
김종관이라는 분을 소개해주었어요. 그런데 사실, 제가 쓰고
싶어요. 야한 글을.

사랑하면 자야 하잖아요. 손 잡고 자는 거 말구요.
잠도 감정의 한 영역이니까. 하지만 그러면서
확 가까워지는 느낌, 뭐든 괜찮을 것 같은 느낌.
난 그게 싫더라구요. 서로에게 쉬워지는 느낌이죠.
동물적인 상황을 겪고 나면 원래 다 그럴까요.

저에게 이병률이라는 사람은 그냥 '물' 같았어요. 슬픔이라는
이름의 물. 그런 물기가 배어 있는 그런 사람. 대화는 나누는 내내
'글을 쓰기로 마음을 먹었을 때 굉장히 슬펐다'는 말이 맴도는 것도
그 때문일 거예요. 최근에도…… 슬프세요?

　　　슬픔이라는 게 어떤 구체적 경위로부터 파생된 슬픔이라면
　　　그러려니 넘기겠어요. 어떤 일 때문에 슬펐던 거라면 그 슬픔도
　　　선명할 거예요. 그런데 그게 아니니까. 문득, 갑자기, 세게
　　　쳐들어오는 거니까. 그렇다고 슬픔이 찾아오는 게 당황할 일은
　　　아니잖아요. 그걸 잘 받아들였던 거죠. 나한테 그냥 물기가
　　　묻어 있는 거야. 그냥 이렇게 생각해요. 문득 문득 쳐들어오는
　　　슬픔이라는 감정은 내가 태어나면서 세상에 데리고 온 거라고.
　　　그때가 찾아오면 즐겨요. 드라이브를 하거나, 걷거나, 슬픈 음악을
　　　듣거나, 막 자버리거나.

그런 감정은 어디서부터 오는 걸까요?
사실 그런 감정이 찾아와서 힘든 것보다 그것이
'사라질' 때 더 슬픈 거잖아요.

　　　자기 몸에서 끌어내는 거겠죠. 내 몸이 그 감정을 필요로 하니까
　　　받아들이는 게 아닐까요. 분명한 건 사람마다 자기가 가지고
　　　태어나는 감정의 분량이 있다는 거예요. 저의 경우, 어떤
　　　한 사람이 내 감정의 그물 안에 들어와 있을 때 그 슬픈 감정이
　　　한꺼번에 출몰하는 것 같아요. 나와 그 사람의 관계가
　　　풍성해지는 방식인 거죠.

물론 여러 감정이 뒤따르죠. '내가 이 많은 감정을 다 만들었단 말인가'라고 순간순간 놀라기도 하구요. 역시나 그 놀라움에는 강력한 슬픔이 차오르고요.

그래도, 슬픔을 생산적으로 잘 쓰는 사람인가요?

네, 〈슬픔의 공장〉 사장님이죠. (웃음)
근데 슬픈 건요. 생물학적으로 서로 친밀한 관계를 끌어올리는 능력이라고 하는 글을 어디서 봤어요. 사랑할 수 있는 능력의 부산물이라고도 하구요.

반대로 최근에 가장 즐거웠던 때는 언제세요?

무인도에 갔을 때? 못해볼 줄 알았던 무인도 여행을 다 해보는구나, 라는 느낌으로 갔는데. 사람이 기뻐도 눈물이 나잖아요. 그곳에서 그걸 경험했어요. 바닷속에 들어갔는데 마치 그림으로 그려놓으면 저 정도가 되려나 싶은, 산호 군락이 보이는 거예요. 고기들이 이쪽으로 이렇게 지나가고, 해는 저쪽으로 지고, 수면이 보이고……투명한 아름다움이었어요. 그 순간, 이보다 더한 아름다움은 볼 수 없겠구나, 라는 생각이 들면서 눈물이 콱 쏟아지는 거예요. 수경을 썼으니까, 물이 흐르거나 공기가 들어오지 않아서 지상에서 흘리는 눈물처럼 흐르진 않았지만 물속에서 눈물이 쏟아지는 느낌이 지금도 생생해요. 기뻤어요. 전화도 오지 않는, 아니 전화가 되지 않는 곳에서 있을 수 있다는 것도, 그곳에서 아무 일도 일어나지 않고, 아무 일도 하지 않고 있었다는 게 그냥 기뻤어요. 무인도는 다시 가고 싶어요. 더 오래 있어봐야죠.

세상은 정말로 조용하지 않습니다.
조용히 있을 수도 있는데 말이죠. 특히 공공장소에서
남의 눈치를 안 보는 세상을 살고 있습니다.

우리 모두가 다르잖아요. 같을 수가 없어요. 같지 않아서 힘들고
화가 나는 거잖아요. 다른 것 앞에서는 과감히 '차단 기능'을
사용해요. 그래도 안 되는 현상 앞에서는 '강제 종료'를 하구요.
그것이 끝이 아니라 또다른 곳에, 어쩌면 그 바로 옆에 아름다운
사람은 있습니다. 그 아름다운 사람을 찾아가는 길이라면 우리는
잠시 불쾌한 구경을 참아야 하는 거구요.

아름다움을 위해 참아야 한다…… 기꺼이 인내하고 싶어졌어요.
'저 먼 곳 어둠속 허공 어딘가로부터 여린 기타소리 같은 가닥이
잡혀와서 그 멀리에 딱딱한 잡을 것이 있으리라는 가정을 배우게
하는 것'(「절벽 갈래 바다 갈래」)처럼요. 그 여린 기타소리는
아름다움이었던 거네요. 다시 여행 얘기를 해볼게요.
여행은 떠나기 전이 제일이라는 말도 있잖아요. 저도 여행을
다녀온 직후가 가장 힘들던데요. 하던 일을 다시 시작해야 되고,
변한 건 아무것도 없고.

그런 부분은 삼십대 때 어느 정도 정리했어요. 방송용 글을 쓰다가
시를 써야 하는 순간이 제겐 많았잖아요. 그런데 둘 사이의
거리가 정말 멀어요. 완전! 죽을 것 같아요. 방송용 글에서 시까지
가려면 그야말로 전속력으로 그 먼 거리를 달려야 해요. 그러다가
시를 쓰다가 다시 방송용 글을 쓰기 위해 달릴 생각을 하면……
그야말로 미쳐요. 그런데 그건 누구 일도 아니고 내 일이잖아요.

내가 해야 할 일, 내가 좋아하는 일, 내가 껴안아야 하는 일,
그래서 하루에도 몇 번을 왕복해야 하는 일.

　　　아, 여행의 후유증을 격하게 겪은 일이 생각나요. 꽤
긴 러시아 여행을 마치고 공항에 내렸어요. 그런데 공항에
도착하는데 눈물이 왈칵 쏟아지는 거예요. 누구를 두고 온 것도
아니에요, 누구를 사랑하지도 않았어요. 그런데 왜 그랬는지.

예전에 잊었다고 생각했던 누군가를, 무언가를
잊지 못했다는 걸 몸이 안 게 아닐까요.
'정말이지 뒷모습은 사람을 힘들게 한다'는 구절처럼요.

　　　우리가 한 사람과 헤어지고 잊는 데에는 시간이 걸리죠.
하지만 결국 잊어야 해요. 내가 살아야 하니까. 그게 진실이에요.
어떻게든 잘 털어내야만 하는 것. 그래서 잊고, 잊히는 거예요.
결국 사랑이 아닌 삶을 선택하기 때문에 헤어질 수 있고,
잊을 수 있는 거겠지만. 그런데 우리의 몸이 불쑥불쑥 기억하는 건
그게 아닌가 봐요.

사랑할 때 이병률은 어떤 사람인가요? 누군가의 마음에
성큼성큼 들어서는 모습이 그려지지 않아서요.

　　　공기만으로 취한 사람. 그럼에도 중력을 있는 그대로 느끼는 사람.
또 연료가 많은 사람. 인간으로서 가장 좋은 때겠죠. 둘만 있고
싶거나, 자주 유치해지거나, 혼자 피식 하고 웃는다거나……
누구나 비슷한 거죠.

사랑을 잊기 좋은 곳이 눈 내리는 핀란드의 국도라면,
만약 지금 사랑에 빠진 사람하고 가고 싶은 곳은요?

킬리만자로 산이 떠오르네요. 그곳엔 사람을 두근거리게 하는 것도,
사랑하는 사람하고 밀착시키는 기분도 동시에 있어요.

혹시 지금은 누구를, 뭔가를 조금이라도 사랑하세요.

이 질문, 얼마 전에 후배한테 받았어요. 없다고 말했거든요.
그랬더니, 이랬어요.

– 이병률이? 이병률은 사랑하지 않고는 살 수 없는 사람이에요!
누구예요? 뭐예요?

'사랑 자체가 없다'는 가정을 한다면요?

사랑은 사람의 모든 생이, 사람의 뿌리까지도 흔들리는 거예요.
사랑이 끝나면 정신적인 성장을 멈추는 사람, 모든 감각 기관을
닫는 사람, 아무것도 받아들이지 않으려고 방수복으로 완전
무장하는 사람이 있잖아요. 사랑하는 상태에서는 비가 오면
사랑만큼의 비를 맞지만 사랑이 끝나면 옷만 젖을 뿐이지요.
사랑하는 중에는 이 길 끝까지 가고 싶지만 사랑이 아니면 길이
있더라도 발길 자체가 움직여지질 않은 거죠.

하지만 사랑은 삶도 전부도 아닌, 사랑은 여행이라고 하셨잖아요.
사랑은 여행일 때만 삶에서 유효하다는 것만큼 외롭고 쓸쓸한 것도
없는 듯해요. 사랑으로부터 늘 도망치려 하는 건 아니세요?

사랑은 핑계로 삼을 일투성이잖아요. 사랑을 하면 아무것도
못하겠어서 싫지요. 사랑 밖에는 할 게 없으니 그것도 싫지요.
사랑 앞에서 굳이 판단해야 할 일을 만드는 것도 안 어울리겠지만
사랑 앞에서는 판단도 흐려지지요. 그 사람 앞에서 좋은 사람이
되려다 바보가 되는 것도 싫어요. 분명한 건 사랑은 절대적으로
좋은 거, 그 사실 하나는 명백히 맞지만 싫은 게 부지기수로
따라온다는 거예요.

혼자만 하는 사랑도 가능하세요?

그 사람이 나를 사랑하지 않는다고 해서 내가 그 사람을
사랑하면 안 되는 건 왜죠?
　　　　그 사람이 나를 사랑하지 않는다면 꽤 아픈 일이죠.
하지만 나는 그 부위를 마취시킬 줄 알게 됐습니다. 배고픈 것도
마취가 되더라구요.

사랑할 준비가 늘 되어 있다는 이야기로도 들리는데요?

준비가 되었다기보다는, 저는 자주 누군가와 한 철을 알고 한 철을
보내고 하는 일들 속에 있는 거죠. 예를 들면, 좁은 공간에서는
누구나 사랑에 빠집니다. 우리가 좋아하는 사람하고 살고 싶거나,
결혼을 하고 싶은 것도 그 사람을 자주 만나고 한 공간에 있기

때문이에요. 더 사랑하고 싶은 것이죠. 자주 밥을 같이 먹으면 감정이 섞이는 것처럼 그렇죠. 여행이 그래요. 같이 여행 가고 싶다는 것은 낮밤으로 그곳이 어떤 공간이든 붙어 지내고 싶다는 것이고 그것은 더 사랑하겠다는 의지를 담고 있죠.

그 사람을 다 알아버리면 더이상 사랑할 수 없을지도 모르는데. (웃음)

어느 정도를 알면 이병률을 잘 안다고 할 수 있을까요?

잘 먹어요. 많이 먹죠. 잘 자요. 어떤 상황에서도 잘 수 있을 걸요. 거의 모든 매일 밤, 잠이 드는 데 채 3초가 안 걸려요.

배고픈 건 사람이 못 참는 일 가운데 하나죠.

배고픈 것, 돌아가신 박완서 작가 말대로 숭고한 일이죠. 인간으로서 솔직한 국면을 마주하는 것, 그거 얼마나 괜찮은 일이게요. 바닥에 가보면 그 바닥도 꽤 괜찮습니다. 누군가 나를 바닥에 내리꽂아도 그 바닥도 괜찮더라구요. 우리는 누구나 아주 괜찮은 높이에서만 살려고 하니까요.

사랑도 그렇겠죠. 사랑의 바닥…… 최근엔 연애중이셨어요?

음, 아뇨. 최근에는 없어요. 함께한 사랑…… 없어요. 그냥 조금씩 있는 정도. 한 달 정도, 아니면 보름 정도의 분량으로 그런 감정이 오간 정도. 가급적 사랑을 시작하지 않으려고 애를 써요. 하지만 그걸 지키지 못할 기회들이 종종 오는 거죠.

참, 최근에 사랑을 한 적이 없다고 했지만, 이런 식의 '사랑의
바닥'은 있었네요. 역시 나 혼자 좋아하는 사랑이요. 만나고
돌아오는 길에 한 시간을 걸어서 돌아왔는데 어떻게 한 시간 동안
그렇게 한 사람만 생각할 수가 있죠? 어지러워서 혼났네요.
나를 사랑하지 않는다는 그 사람을 두고 떠나오면서 몰래 챙겨온 건,
따로 썼던 비누였어요. 하늘색 비누요. 그녀를 기억하려면
그 방법 밖에는 없었으니까. 가끔 그 비누로 목욕을 했어요.
최후에 비누가 정말로 작아졌을 땐 그 비누를 컵에 담고 물을
붓고 불려서 썼어요. 결국 아무리 거대했던 감정도 끝내
이런 식으로 흘려버리고 마는 거란 생각이 들면서……

그 비누 때문에 '차갑고 단단한 시간 지난밤 함께 있었던 당신이
생각났다 아침이 되었다'(「물의 박물관」)는 시어가 생겼는지
모르겠네요. 이병률식 사랑은 이뤄지지 않는 쪽이네요.
그렇다면 완벽한 사랑이라는 게 세상에 있을까요?

나는 사랑을 완성시키지 못하는 사람이에요. 내가 부족해서,
천성이 그래서이기도 하지만 사랑이 그렇게 필요한데도 사랑을
하지 못하게 천형을 받고 태어난 사람이지요. 또 내가 오래
지속하지 못해서이기도 하고 불가능한 사랑만 하려고 드는
비틀린 취향의 사람일 수도 있습니다. 하지만 인간의 사랑의
속성은 그렇기도 하지 않나요? 몇 초 만에 사랑이 시작되어서
며칠 안에 사랑이 끝나기도 하잖아요. 그게 저에게 맞는
사랑이라고, 그런 사랑만 하라고 신이 만들어놓은 거죠. 그러니까
나는 어쩌면 늘 사랑을 하고 있는 상태이기도 하고, 어쩌면 늘
사랑을 하지 않는 상태이기도 한 사람이겠죠.

"이병률의 아름다운 시들은 대개 작별을 노래한다"는 글을
읽었습니다. 제 힘으로 어찌할 수 없는 이별이 아니라 스스로
힘껏 갈라서는 작별이라는 것입니다. 사랑을 마쳐야 할 때,
힘껏 갈라서는 편이세요? 사랑을 놓아주세요? 아니면 상대방이
나를 버릴 때까지 기다리시나요?

　　　　　잠적하는 편이에요. 잠적하는 건 마음을 접기가 쉬울 때겠지만,
　　　　　그렇지 않다면 몸은 끝내려고 하고 있으면서도 어떻게든 마음은
　　　　　이어 붙이려고 하죠. 하지만 어느 순간이 오고 그 순간 무렵이면,
　　　　　대부분 끝날 거라는 걸 아는 것 같아요.

모든 감정의 끝에는 슬픔이 있다고, 시인 이병률은 버티고 버텨서
슬픔이 투명해질 때 겨우 쓴다는 문학평론가 신형철 선생의 글이
맞았네요. 상대방이 아는 거죠. 감정의 끝에 도달했음을. 사랑도
정의가 가능한가요?

　　　　　사랑에 대한 이런 정의가 있습니다. '사랑하는 사람은 아름답다.
　　　　　아름다운 사람이 풍경을 만들고 아름다운 사람이 이야기를
　　　　　만든다. 그리고 마침내 아름다운 사람일수록 급히 사라진다.'
　　　　　이병률식의 정의예요.

사랑에는 다소 냉소적인 시선을 가졌지만,
사랑하는 사람들을 향한 시선은 열려 있으세요.

사랑을 '파괴'시키는 것들에 대한 관심이죠. 왜 그토록 사랑하게
했는데 무엇이 우리를, 그들을 헤어지게 하는지. 왜 끝에 남는
감정은 그냥 그렇고 그런 것들인가…… 끝에 남는 것들은 시작에
비해 형편없지 않나요? 인간이라서 가능한 엄청난 부분들.
　　관계를 파괴시키는 요인은 어쩌면 인간이 쉽게 바닥을
드러내는 존재라는 점에서, 그리고 채워도 채워도 채워지지 않는
존재라는 점에서…… 샘솟는 욕망을 주체할 수 없도록 만들어진
존재이기도 해서 그렇지 않을까 하는 정도의 관심이요.

재능 있는 사람 옆에 있어야죠.
그건 내가 재능 있는 것보단
훨씬 더 축제 같은 일이죠.

안으로 멀리 뛰기 - 이병률 대화집

안으로 멀리 뛰기 - 이병률 대화집

스킨 로션은 어떤 걸 쓰세요? 아무거나 쓰진 않으실 것 같아서요.

남자한테 이런 질문 받는 건 처음인데요. SK Ⅱ를 써요.

제주 작업실이 있는 동네에 소박한 카페도 있고,
밥집도 보이던데요. 늦은 아침, 슬리퍼를 끌고
'아점'을 먹으러 나가기도 하세요?

아시잖아요. 아침에 누구를 마주치는 건 그렇잖아요.
옆집 할머니가 언제든 와서 밥통 열고 밥 챙겨 먹으라고 하시는데,
그냥 안에만 있어요. 호젓한 걸 즐기는 편이에요. 그러다 오후가
되고, 저녁이 되고…….

특별히 좋아하는 시간대가 있으세요? 새뮤얼 존슨은 오후 4시쯤
외출하여 새벽 2시가 돼서야 집에 들어갔다고 하던데요. 그 시간이
존슨에게는 도시의 방해에서 벗어날 수 있는 유일한 시간이었겠죠.
살아가면 갈수록 그러한 루틴routine이 중요하다는 생각을 합니다.

오후 5시입니다. 정말 좋아합니다. 집으로 향할 준비를 하는
시간이거나 누군가를 위해 요리를 할 시간이기도 하지요.
급히 약속을 정하기도 할 거구요. 다섯 시는 저녁과 밤을 어떻게
보낼지가 결정되는 시간이에요. 밤에 사적으로 책상에 앉는
경우가 많은 저로서는 오늘 밤에는 아무것도 하지 않겠다고
정하는 시간이기도 하지요. 아무것도 하지 않겠다는 것은 아무도
만나지 않겠다, 아무것도 먹지 않겠다, 목욕이나 하고 책상에 앉아
있겠다 정도의 결심을 하는 시간이랄까요. 겨울 무렵의 다섯 시는

어떤 절망의 기운도 슬픔의 기운도 동시에 띠고 있는 것 같아요.

그리고 밤 열한 시. 혼자 있으면 정말 황금 같은 시간이죠. 어떤 때는 그 시간이 되면 떨립니다. 뭐든 할 수 있을 것도 같고 뭐든 쓸 수 있을 것 같은 시간이에요, 나한텐.

전화기에 벨이 울리면 대부분 자기 이야기를 하려고 전화하는 사람들이죠. 안 받는 게 좋습니다. 몇 번 받았다가 그 밤을 망친 경험이 여러 번 되거든요.

좋아하는 숫자는요.

기차를 타면서 자리를 예약할 때나, 목욕탕이나 수영장 신발장이나 옷장, 하물며 내가 앉는 비행기 자리나 우연히 앉게 된 카페나 식당의 자리에도 8이 들어가 있길 바라죠. 제가 기억하는 최고의 와이파이 비밀번호 2위는 'I don't know'구요.

1위는 숫자 8이 여덟 개인 카페였어요. 뭔가 하려고 들어갔다가 너무 좋아서 아무것도 안 하고 가만히 있다가 나왔어요.

다른 사람의 글을 가지고 책을 만들 때 '교정'은 어떻게 보세요?

편집자마다 스타일이 있어요, 그죠? 어떤 편집자는 다른 사람의 글을 고치는 걸 겁내하죠. 편집자라고 해서 빨간 펜을 휘두르는 건 아니야, 라고 생각하는. 저는 그냥 문법에 맞지 않는 비문非文만 잡아주거나 쳐내는 정도예요.

근데 편집자의 경우, 다들 자기가 타고난 뭔가가 있어서요. 어떤 편집자는 크리에이터 기질이 있어서 원고를 다듬는 것보다

기획을 하고 살을 붙이거나 첫 원고를 전혀 다른 모양으로
만드는 솜씨가 있고, 어떤 편집자는 어떻게 편집자를 하나 싶을
정도로 거칠게 글을 만지기도 하죠. 어떤 편집자는 단정한
문장으로 다듬어내는 재주는 있지만 그게 오히려 답답한
문장일 때도 있는 것 같구요.

　　　그런 편집자가 좋지 않을까요? '끼' 있는 사람. 따뜻한 글은
더욱 따뜻하게 만들어주는 그런 사람. 가는 선의 글들을 힘 있는
문장으로 바꿔줄 수 있는 사람. 저도 편집자로서 그러려고 해요.
삶의 방향이나 천성이 맞지 않는 사람들이 함께 책을 만드는 건
꽤 힘든 일이죠. 저자와 편집자건, 편집자와 편집자건, 편집자와
디자이너건, 편집자와 마케터건.

맞아요. 문인이라고 해서 모두 같은 기질을 가진 건 아니니까요.
오르한 파묵은 선배 세대의 소설가들(1980년대의 소설가들)이
문학을 통해서 사회적 논평을 하는 것에 반발심을 느낀다고 말한
적이 있습니다. 그들의 주제가 너무 좁고 한계가 많다는 건데요.
작가님의 글 역시 정치와 역사, 사회에 대한 이야기는 최소화하는
듯한 인상입니다. 사실 작가님 이전 세대 아니 작가님 세대까지
그것들이 이야기의 뼈대를 이루었잖아요.

　　　트위터에서도 내가 지지하는 이념적 색깔 정도만 리트윗하는
정도예요. 그렇다고 정치적인 성향의 글에 대해서는 하지 않아요.
동의하지 않느냐, 중간자 입장이냐의 문제가 아니라 저 역시
그런 문제에 색을 드러내려고 든다면 꽤 열심히 SNS를 하는
사람이어야 하죠. 그렇게 생각하지 않은 사람들하고도 SNS
안에서 적극적으로 만나야 하구요. 그렇다고 작가가, 아니

개인으로서도 마찬가지겠지만 정치, 경제, 사회, 역사, 종교에 대해
어떤 목소리를 내느냐 마느냐는 '작가의 세계'이지 눈치를 볼
문제는 아닌 거지요. 그러면서도 중요한 건, 현장에 있어야죠.
작가도 국민도…… 국민도, 작가도요.

　　　시를 쓴 시인은 물론 시인을 벗어나 타자他者가 읽을 때
역시도 자신이 투영되고 자신의 과거와 앞날까지도 고스란히
비추는 그런 시만 있으면 돼요. 적나라하게 와서 닿자마자
전기 같은 울림 혹은 진동을 주는 시요. 그런 시야말로 사람을 더
사람답게 서게 하고, 살게 하고, 살아 있게 하겠지요. 그건 문학의
찬란한 임무예요. 그렇게 믿는 사람이니 그렇게 살고 그렇게
행동하고……. 그뿐이죠. 그런 믿음이, 배관을 통해 정치나 사회에
연결되길 바라는 사람이구요.

정치는 이병률의 세계에 어느 정도의 면적을 차지하나요?

시의 먼 거리쯤에 정치가 있어요. 시가 북극에 있다면 정치는
적도에 있죠. 알 길이 없으니 강 건너에서 불안할 뿐이죠.
하지만 '시가 있어서 평화를 구한다면'이라는 가정은 인류의
오랜 믿음이거나 숙제일 테지만 여전한 것은 그 두 개가 거리를
두고 떨어져 있다는 거예요. 강해야 정치를 하지 않을까요.
공부도 많이 해야 하고. 하지만 시는 강해서는 쓸 수 없죠.
머리만으로도 쓸 수 없듯이.

　　　정치인들은 조금만 시인인 척하면 돼요. 충실한 순정을
맨 앞에 놓으면 정치도 잘 할 수 있어요. 시인 행세를 안 하는 거죠.
못하는 거겠지만. 사람만 생각하고 그 생각만 앞세우면
우리 정치는 세련되고 강력해지죠.

말씀하신대로 가끔 트위터를 사용하실 뿐 페이스북, 인스타그램 등
소셜 네트워크 서비스(SNS)는 거의 안 하시는 것 같아요.
백영옥 소설가는 SNS는 "나의 현재와 타인의 현재를 경쟁시키는
곳"이라고 적었던데요. 폭풍처럼 쏟아져 들어오는 뉴스피드 기능이
끊임없이 우리의 '현재'를 '과거'로 만들고, 더 깊은 과거 속으로
떠밀어버린다는 거죠. 현실의 친구보다 페이스북 친구를
더 챙기는 세대에 대한 불만도 담았더라구요. 작가님도 SNS를
불편해하시는 거죠?

정확히는 '관계'를 불편해하죠. 스스로는 진심을 드러내는 것
같지만 진심이 아닌 관계들 속에서 눈치 보면서 존재하는 느낌이
많아요. 저도 트위터에서 마구 내 감정을 쏟아놓지만 다음 날이
되면 후회하고 마는 감정들이 많을 수밖에요. 하지만 SNS는
지극히 개인적인 '방'이에요. 두껍게 말하자면 뭘 해도 되는
곳이죠. SNS로 바쁜 사람들이 제일 안 됐어요. 뭘 얻으려고
매달리는 것도, 결국 더 외로워질 뿐인 것도 다 흉해요.
　　게다가 휴대전화로 뉴스들을 만나게 되고 매일매일 마음이
쪼그라들면서 애도 기간을 살아야 하는 SNS 안에서는 뱉고 싶은
말을 잃게 돼요.

사람은 변한다고 하잖아요. 작가님은 어떠세요?
예전엔 좋아하지 않았는데 근래 들어 좋아진 거라든지,
그런 게 있으세요?

봄이 그렇게 싫었어요. 사람을 가만히 안 내버려 두잖아요. 기분도
이상하게 만들구요. 하지만 언젠가부터는 봄이 그렇게 좋더라구요.

막강한 자연의 색깔, 에너지…… 그런 영향 때문이겠지요.
내 기분이란 것도 가만히 들여다보면, 너무 밝은 것들이 나한테
쏟아지고 있는데 받아낼 준비가 안 되어서 그런 것도 있었겠지요.
지금은 삼월 사월의 연둣빛이 가득한 숲에 있으려고 일부러
찾아가는 편이에요. 풍경만으로도 장엄하고, 살아야겠다는
난데없는 의지도 생기구요. 그야말로 정경교융情景交融이죠.

재능은 있는데 자기 재능을 잘 펼치지 못하는
사람도 있습니다. 과도한 세상이 결박하는 걸까요?

누군가의 도움을 받아야 하는 경우죠. 사람의 도움일 수도 있고,
어떤 때를 잘 만났다면 리듬을 잘 타야 하는 경우요.
때를 만나는 건 안타깝게도 본인이 잘 느끼지 못하는 경우가
있지만 어떤 사람이 나타나는 경우는 비교적 선명하니까
확실하게 붙들어야죠. 붙든다는 게, 그 사람한테 내 재능을
보이고 옆에 붙어 있는 정도겠지만 관계를 길게 가져갈 수 있다면,
웬만하면, 같이 가게 될 겁니다.
　　　인생은 달리면 힘들어요. 달리는 건 결국 나 혼자 하는 걸
텐데, 그보다는 누군가랑 같이 공기를 만들어서 함께 흘러가야
한다고 믿는 편이에요. 나 역시 정말 가까이 옆에서 도움을 주고
싶은 사람을 만날 때가 많아요. 하지만 내 도움이 가능한 건지,
내 도움으로 뭔가가 시작될 수 있는지는 나로서 알기가 어렵지요.
그래서 실제로 내 도움이 필요하다 싶은 젊은 친구들을 많이
만나 자극을 주는 사람이 되려고 해요. 화분의 나무가 흔들리면
지지대를 이용해서 나무를 잡아주는 경우도 있지만, 나무뿌리에
흙을 더 채워서 나무를 잡아주는 경우도 있으니까요.

**재능이 있는 사람이라면 노력을 해서 결국 어떤 꽃을
피우게 되는 건가요? 노력이 재능을 견인해준다고 생각하세요?**

죽을힘을 다하면 어떤 것에 도달할 것 같지만, 실은 죽을힘을
다해도 안 되는 일이 많습니다. 뭔가를 잡거나 도달하기 위해서는
죽을힘에다, 어떤 기운 같은 것이 분명 복합적으로 얹혀야
가능하지요. 운이라던가, 기회라던가…… 하는 것과는 다른, 절대
설명할 수 없는 기운이요.

**나를 만들어가는 과정에서 만나게 되는 사소한 힘겨움은,
굉장히 큰 장애가 되기도 해요.**

어려운 일 앞에서는 늘 힘들죠. 처음 만나는 문제 앞에서 늘 겪게
되는 답답함 같은 거죠. 하지만 먼저 윤곽을 찾아야죠. 세부적인
것은 그다음에 오니까. 큰일을 하는 사람은 윤곽을 잡는 일에
능해요. 그다음엔 세부적으로 다듬어가죠. 나는 세부적인 것만
더듬다가 인생의 커다란 디자인을 놓친 사람이에요. 더듬다가
놓치고 그러다가 이렇다할만한 걸 쌓질 못했어요. 커다란 그림을
그리고 그다음을 진행하는 게 인생을 장악하지 않을까요.
　　　예를 들어 자기 재능을 발전시키려는 그 과정에서
여기저기 부딪히잖아요. 부딪힘을 해결하느라 큰 그림을 그리지
못하고 있는 건 아닌지 한번 생각해봐야죠. 부딪힘은 큰 그림을
그리는 사람 입장에선 아주 사소한 붓질에 불과하죠. 어려울
때일수록 그 붓질이 완성으로 가고 있다는 걸 모르잖아요.
모든 일에는 힘든 일을 넘어야 하는 과정이 있는데 당장
이 힘겨움만 넘었으면, 넘었으면 하면서 아등바등 살죠.

하지만, 큰 그림을 그리고 싶은 사람일수록 그런 힘겨움은
사소함으로 넘기지요. 당연히 큰 그림은 사소한 힘겨움으로
채워지는 겁니다.

힘겨움이 힘겨움만으로 끝나버리기도 하잖아요.

우리는 어렸을 때 개구리를 나한테 던진 한 녀석에 대한 안 좋은
기억 때문에, 지금 한 친구가 나를 자기 집으로 이끄는 길에 개구리
소리가 들린다 치면 그 친구를 따라갈 수가 없어요. 내가 아주
중요한 친구로 여기는 상황인데도 오던 길을 되돌아 도망가버리고
말죠. 그런 것처럼 놓치는 것투성이에요. 아무리 철갑을 두르고
무장을 해도 우리가 가야 하는 길에는 바로 '나'라는 장애요인이
있어요. 나 때문에 하지 못하는 것들, 나여서 가 닿을 수 없는 것들
앞에서, 우리는 금을 넘지 못하고 살아가고 있어요.

작가님도 누구나처럼 그런 순간을 살아온 거죠?

여기가 아닌 다른 곳에 가면 피가 바뀔 거라고 생각하고
떠돌았어요. 내 피는 분명 좋은 피는 아니니까. 다른 피가 내 몸에
돌면 좀더 껴안을 게 많지 않을까 생각했던 시절이 있었습니다.
주변 사람들은 한심해 하기도 하고, 정신이 한쪽으로 쏠린 사람
취급을 하기도 했죠. 그들은 마치 내 몸속에 들어와 있는 것처럼
나를 잘 안다는 식으로 참견하고 그랬어요. 나는 그 사람들이
내 답답증을 하나도 해결해주지 않으면서 그냥 입으로만
그러는 게 도리어 한심했죠. 그래서 피를 갈아 채웠느냐를
이야기하려는 게 아니라 그럴 수 있을 거라고 무조건 믿어보는

가운데 이런저런 답이 구해졌어요. 하고 싶은 것만 하면서 사는,
아주 불가능한 삶을 살자, 라는 확신이었어요. 그 확신만이
나의 든든한 배경이었죠.

싫어하는 만큼 참다보면 나에게 그만큼의 시간이
주어졌어요. 싫어하는 걸 3개월만 하자, 그러면 나에게 3개월의
자유시간이 돌아올 테니…… 이런 식의 패턴이 억지로 억지로
순환한 거죠.

누가 옆에 있느냐가 중요한 타이밍은,
있는 것 같습니다.

내가 힘들었으니 너는 힘들지 말아라…… 하는 건 스승을 빼앗는
케이스예요. 요즘의 부모가 자식에게 마치 큰 선물하듯,
고통을 주지 않으려 애를 쓰고 있지요. 자식에게 서비스가
좋은 부모 세대의 출현이에요. 열망하는 게 많았지만 얻지
못해서 힘겨워했던 부모 세대가 있었지만 이제 그 자식 세대는
새둥지에서 모이를 받아먹은 어린 새들처럼 자기가 찾아야
할 것을 못 찾아요. 자연스레 자신이 원하는 게 도대체 뭔지를
모르는 세대가 출현했어요. 자신이 누구인지도 모르죠. 자신이
누구인지를 알면 선명해지는 게 많을 텐데, 그렇지 않으니
'내가 살아오면서 힘들었지만 너는 힘들면 안 되니까,
내가 이렇게 노력하는 거야……' 하면서 부모가 많이 주죠.
청춘의 아버지, 어머니 세대는 실제로 그들 부모로부터
여러 면에서 받은 게 많지 않았던 시대였어요. '우리 부모가
조금만 넉넉했으면, 조금만 배우셨더라면……' 하는 결핍을 많이
가졌던 세대였어요. 부모는 어렸을 때, 가난하게 살았단 얘기를

하면서 그때 그 시절을 비교하고, 지금 얼마나 나아졌는지 봐라,
하면서 강요하기까지 했어요. 그 세대가 결혼을 하고 자식을 낳으니
자식한테 잘하고 싶은 마음이 얼마나 많겠어요. 최소한 남한테
비교당하는 아빠, 엄마는 되지 않으려고 말이죠. 그렇게 되다보니
생각하고, 선택하고, 고민해야 할 이 많은 문제들 앞에서 어찌할
줄을 모르는 지금의 세대가 만들어지게 된 겁니다. 힘겨움 앞에
고민할 '꺼리'마저 빼앗긴 세대는 다른 힘겨움의 늪에 도달해 있지요.
　　　이 현상 속에는 사랑으로, 사랑하는 대상을 망칠 수도
있다는 야릇한 흐름이 있는 거죠.

보르헤스는 글쓰기가 받아쓰기라고 생각했다더군요. 뭔가 막
생기려 한다는 것을 갑자기 알아차리는 거죠. 글을 쓰실 때
첫 문장과 마지막 문장만큼 중요한 것도 없을 듯해요. 어떤 원칙이
있으세요? 글을 시작할 때, 그리고 글을 마무리할 때.

　　　그런 스타일은 아직 없어요. 의식한 적이 없어요. 어울리는 자리에
배치한다는 느낌이 많아요. 사실은, 그냥 첫줄이 떠오르면 아주
다행인 거죠. 마지막 줄도 툭, 하고 스치듯 써지는 것 같구요.

공부가 필요할까요? 한국 사회에서 공부는
하나의 신앙이 되어버렸잖아요.

　　　난 공부 잘하는 사람하고 일하고 싶지가 않아요. 재능이나
열정이나, 아니면 최소한의 가능성을 가진 사람하고 일하는 게
신나요. 공부는 중요하지만, 그 공부가 직업을 구하는 일에만
쓰이는 건 절망이죠. 사람을 만들어주는 게 공부라서 반드시

필요한 것인데, 공부 많이 한 사람이, 사람이 되어 있지 않은 걸 많이 보죠. 말씀처럼 공부가 신앙이 되어서 그렇죠. 교육열은 들끓지만, 수준은 영 그만큼이 안 돼요. 책을 펴놓고만 하는 공부가 전부가 아닌 세상이 되었다는 신호라고 여겨요.

김영하 작가님이 이런 얘기를 하셨어요. 작가란 살고 있는 공간이 익숙해지거나 모든 것이 편안한 세상에선 아무것도 쓸 수 없다고요. 고개를 끄덕이게 되는 말이었어요. 작가님도 그래서 여행을 떠나시는 거겠죠?

나라는 사람이 마음에 들지 않는 상태를 자주 만나지요. 그건 자기 자신을 바라보는 일을 자주 해야 하는 작가라는 직업 때문이기도 해요. 나만 마음에 들지 않는 것이 아니라 나를 둘러싸고 있는 공기도, 온도도 모두 마음에 안 들어요. 하지만 어느 먼 곳에서는 나를 보는 게 아니라 낯선 풍경과 낯선 사람을 봐야 하니까 여행을 가요. 오지 같은 곳에서 뭔가 잘 안 풀리는 며칠을 지내다보면 익숙하고 편했던 나의 공간보다 훨씬 더 감각이 살아 있게 되면서, 심지어는 내가 우연히 마주친 상황을 통해 완전히 다른 국면과 조우하게 될 것 같은 거예요.

소설 쓰고 싶지 않으세요?

그런 재능이 있을까요? 속에서 꿈틀꿈틀하는 건 있는데, 나는 일을 벌이기도 잘하는 사람이지만, 누르기도 잘하는 사람? 그런 사람 같습니다.

안으로 멀리 뛰기 - 이병률 대화집

안으로 멀리 뛰기 - 이병률 대화집

작가님의 소설을 기다리는 사람이 많은 거 알고 계세요?

소설을 쓰는 건 자유겠지만 실제 문단 분위기로는 자유롭지
않은 구석이 많은 것도 사실입니다. 자처해서 '남이 말하기
쉬운 상태'가 되기 쉽다는 말이기도 해요. 여기서 '남'이란
문단 사람들이겠지요. 우리 문단은 그런 면에서 폐쇄적이랄까,
근대적이랄까. 유럽만 봐도 시 쓰고 드라마 대본 쓰고, 영화
시나리오 쓰고, 저널리스트로 활동하는 작가들도 많은데
우리 문단은 하나의 장르에 매진하는 사람만 용서받죠. (웃음)
하지만 겨우 이렇고 이러니까, 이건 너무 갑갑하니까 그로부터
자유로워지려구요. 언젠가는.

왜 어떤 사람은 소설을 쓰고,
어떤 사람은 시를 쓰는 걸까요?

이것 한 가지는 명확합니다. 애초엔 시를 쓰려고 했던
사람이었지만 결국 소설을 쓴다는 거예요. 시를 쓰려고 했던
사람이 시를 쓰는 거구요. 글을 쓰고 싶은 충동은 시로 시작되고,
그 길을 계속 가느냐 장르를 넘어가느냐의 차이가 시인과
소설가를 나누죠.

나중에라도 변명하는 일이 생길까 봐
당장 내 앞에 있는 사람한테는 잘해주죠.
사랑하는 사람이건, 그냥 관계건.
그런데 왜 잘 못해주는 거죠?

살면서 모든 것을 털어놓아도 좋을 한 사람을 갖고 계시나요?
식당에 같이 앉아 허기진 배를 채우려고 허겁지겁 먹고 있는 시인
이병률에게 '배고팠지?'라고 건네는 뜨거운 말의 온도를 가진 사람.
그 한 사람을 정하셨나요? 그분은 누구신가요?

　　　　먼 과거 속의 한 여자. 다시 만날 생각은 없지만……
　　　　내 마음속에서는 그 사람이, 그만큼 그래요.

아직 만나보지 않은 분 가운데 긴 시간 술잔을 앞에 놓고
잔뜩 수다를 떨고 싶은 분이 계세요?

　　　　아주 낯선 사람이요. 낯선 사람이되 아주 좋은 사람이요.
　　　　불가능할지도 모르지만, 할 얘기가 끊임없이 이어지는 사람이요.
　　　　그러다 챙겨주고 싶은 사람이요.

알게 되는 것도, 알아가는 것도 나이가 하는 일일 텐데요.
어떻게 나이 들고 싶으세요? 챙겨주는 사람으로 계속?
10년 후 이병률은 어떤 모습일까요?

　　　　여전히 지금처럼 술을 잘 사는 사람.

이병률은 밤에 깨어 있을 것 같은 사람으로 느껴집니다.
밤에 주로 무얼 하세요?

　　　　밤에는 자요. (웃음) 안 자려고 애를 쓰다가 자게 되는데, 그래도
　　　　여력이 남아 있으면 여행 사이트에 접속해서 아무 날짜, 아무

도시를 넣고 직항할 것이냐, 경유할 것이냐…… 시뮬레이션을
해요. 침대 위에서 하는 짓인데, 그러다 운이 좋게도 그 도시를
여행하는 꿈으로 이어지는 경우도 있죠.

2013년 9월 15일 홍대 앞 카페에서 갓 나온 시집『눈사람 여관』을
선물해주시며 사인과 함께 "인연, 고마워요"라는 말을
적어주셨어요. 어떤 인터뷰에서 사람은 '인생의 집'과 같다고
하신 것도 읽었습니다. 이병률에게 사람이란, 사람과의 인연이란
그만큼 가장 소중한 존재라고 여겨집니다. 하지만 사람 때문에
상처받는 일도 많아서 애써 멀리하고 두려워하는 이들도 많습니다.
그분들에게 해주고 싶은 말씀이 있을까요?

쓴 맛은 오래 명치에 남는 법이죠. 그 쓴 맛 때문에 희망이라는
말도 떠올리고 동시에 절망이라는 말도 지나가잖아요. 거의
모든 관계는 아픕니다. '아프니까 사람 안 만나' 이러는 사람은
바람이 안 통해서, 남한테 답답한 사람으로 읽혀요. 사람이
꼭 세련될 필요는 없지만 세련에서 멀어지죠. 누군가 매력 있는
사람이 나타나면 잡고 싶더라도 놓칠 확률도 높지요.
　　　무엇보다도 사람을 통해서 세상의 이면을 알아가고,
삶의 애착이 생기는 것처럼 '사람을 통한 공부'가 우리를
그냥이 아니라 '뭔가 있는 사람'으로 보이게 할 거예요. 표현은
좀 그렇지만 사람 속에다 나를 넣고 잘 비벼야죠. 사람은
그 자체로 종합예술이어야 해요. 사랑의 기초로 잘 다져진
한 사람이어야 하구요.

해야 하나, 말해야 하나 고민이 되는 상황에서는 눈치를 보게
되잖아요. 사람 관계에서도 그렇구요.

2년가량 성경을 이해하려고 교회를 다닌 적 있는데 나와 맞지
않는다는 걸 알았어요. 맞지 않는 걸 알기 위해 시간은 들어요.
가짜 명품 시계와 지갑을 가져봤지만 진짜를 가지지 않아도 된다는
걸 알게 됐구요. 허영도 품위의 가치를 알기 위해선 과정이겠죠.
많이 보러 다니는 것이 결국 우리 눈을 좋게도 하구요.

소위 말하는 짝퉁을 사기도 하신다는 말은
작가님하고 안 어울려서 놀라운데요.

중국을 정말 좋아합니다. 거기서 가짜를 많이 사봤어요.
여행하는 중에 시간이 있다면 살 수 없었던 걸 사게 되는데,
시장에서 슬리퍼를 하나 샀는데 그게 독일 명품이었던 거죠.
'스위스 칼이 왜 이렇게 싸?' 하면서 샀는데 그게 카피였던 거구요.
결국 오래 쓰진 못하지요. 그 재미가 있으니 다른 것도 사보는 거죠.
　　　　사놓고 그 '화려함'과 '그럴싸함'을 일단 들여다봅니다.
내가 얼마나 가짜인가와 사람들은 얼마나 가짜인가를 보면서
웃지요. 하지만 그것이 진짜인들 그만큼의 돈을 지불할 만한
것인가 하는 문제를 가짜를 사고서야 알게 됩니다. 가짜를 들고
다니면서 사람의 가장 허름한 부분에 대해서 생각하는 거죠.
그 정도면 가짜를 살 필요가 얼마나 있겠습니까.

여행자에게 음악은 절실한 벗일 텐데요. 여행지에서 듣는 음악은
그 공간을 듣는 것이라고 할 수 있습니다. 그래서 북노마드가
만드는 여행 무크지 『어떤 날 6』은 어떤 여행지에서 유독
생각났던 음악, 떠나며 돌아올 때까지 함께한 음악 등을 시인,
작사가, 영화감독, 소설가에게 묻기도 했었습니다. 가을방학,
김사월×김해원, 아마추어증폭기, 송창식, 돈 맥클린, 라나 델
레이, 식스펜스 넌더 리처, 에밀리아나 토리니, 유키, 바흐, 베토벤,
쇼팽, 에리크 사티 등의 음악이 글 속에 OST처럼 깔려 만드는
내내 행복했던 기억이 새삼 떠오릅니다. 여행지에 어쩔 수 없이
스마트폰에 12곡의 음악만 담아가야 한다면 어떤 음악을 갖고
가실 건가요? 작가님의 음악 리스트가 궁금합니다.

아주 어려운 질문이네요. '뭘 안 가져가지?'의 문제가 아니라
'뭘 버리고 가지?'의 문제잖아요. 이럴 땐 모두 두고 가는 게
제 스타일이지만…… 일단 얼른 생각해 볼게요.
　　　　바흐, 데미안 라이스, 세자리아 에보라, 에피톤 프로젝트,
윤상까지 생각했어요.

생일에 자주 떠난다고 들었어요.
생일이면 연락이 안 되는 사람이라구요. (웃음)

생일은 억지스러운 데가 있어요. 사람들을 불러 모으고,
내가 제일 좋아하는 사람들이 당신들이야 라고 외치는 것. 어쩌면
서비스하는 것 같기도 하구. 일 년에 한번 생일을 만나지만 생일을
행복하게 보내야 한다는 선명한 의지가 있는 사람일수록 어쩌면
그 사람은 행복하지 않을지도 모른다는 생각에……

저는 그보다는 자주 생일처럼 살아요. 언젠가 산문에도 쓴 적이
있지만 여행중에 생일 케이크 같은 걸 사서 들고 다니다가
숙소에서 모르는 사람들하고 나눠 먹기도 하죠. 사람들이 나한테
묻기도 해요. '혹시 오늘 생일이야?' 난 '어쩌면······'이라고 농담을
하거나 '나는 매일 생일이야'라고 유치하게, 능청스럽게 말하죠.
하지만 초를 꽂지 않은 케이크는 그런 의미 따윈 숨겨놓기도
쉽잖아요. 그래도 그러는 건 생일 파티를 해본 적이 없기
때문이기도 해요. 생일 즈음에는 꼼짝도 않고 조용히 여행을
하는 때가 많았으니까요. 생일을 꼬박꼬박 왁자하게 치르는
사람 보면······ 글쎄요, 나는 힘들던데요?

　　　너무 자주 찾아오는 것 같은 생일에 아무것도 먹지 않거나
혼자 지내는 걸 즐기는 건 내가 태어난 반성 같은 걸 함께하고
싶어서예요. 내가 태어난 건 내 의지 때문은 아니지만 세상에
미안하고 나한테 미안할 때가 있어서예요. 파티보다는 그러고
있는 게 나을 거 같아서······.

여행을 통해 어떤 큰 전환을 만난 적이 있었나요.

극적인 전환은 인도에 갔을 때였어요. 삼십대 초반이었는데.
뭄바이행 비행기에서 만난 일본 사람 손에 이끌려 푸나Pune의
명상센터엘 갔었어요. 명상이란 거, 어떤 '포즈' 같기도 하고
마스터베이션 같기도 해서 굉장한 거리를 두고 있었지요.
정말 여행에서의 흔히 있을 법한 자잘하고도 우연한 사고처럼
명상을 하는 사람들이 모인 곳엘 거의 끌려가다시피 갔는데······
그땐 불확실한 미래 때문에 도무지 살아 있다는 게 무서웠던
시절이거든요. 하루하루 내 자신을 자연 속에 풀어 놓고 끊임없이

나는 물론 세상한테 질문 같은 걸 던지고 그러고 있었는데
눈을 감고 앉아 있는 어느 새벽, 눈물이 뚝뚝 흐르더라구요.
괜찮아, 정말 다 괜찮아…… 라는 소릴 들은 것 같았어요.
새소리였던 것일 수도 있어요. 절대적인 평화가 나를 굉장한
지점으로 데려간 거겠지요. '내가 이렇게 아무것도 아닌데, 뭐가
그렇게 고통스러운가' 하는 질문이랑 내 자신을 리셋reset하고 싶은
어떤 의지가 시기적으로 잘 맞아떨어진 경우랄까요. 그 이후로는,
지금까지 난 그 소리를 환청처럼 들어요. 그 아침 공기까지도
생생하게 맡아져요.

인도 여행을 하면서 명상을 통해 대단한 위안을
얻었기보다는 그래도 어느 한 방울 정도만큼은 '그래도 잘
살아가겠다' 같은 최초의 의지를 던져 받은 거죠. 그 여행에서
받은 어떤 충격 같은 것을 그리워하는 심리가 나를 지금도
계속해서 여행하게 하는 건지도 모르구요.

그 당시 일본은 젊은 사람들 모두가 인도에 가는 꿈을
꾸었고 인도에 가는 꿈을 실현했던 시기였어요. 필요한 것에,
중요한 것에 제대로 가닿으려는 일본 사람들 의지가 굉장히
좋아보였던 시대였어요. 나한테도 그 물결은 좋은 역할을
한 거였구요.

안으로 멀리 뛰기 – 이병률 대화집

전환이기도 했지만, 개인에겐 일종의 쇼크였다고도 볼 수 있겠어요.

그때 마흔 먹은 한 사람이 인도 여행을 일주일을 왔어요.
여행자들 사이에서 명상 센터도 알려졌으니까 찾아왔는데,
한번 둘러보더니 한국에 돌아가야겠다고 했어요. 나중에 다시
오겠다고. 하지만 명상 센터에서 더 머물고 싶어 하는 기색은
역력했죠. 나중에 두 명의 아이들 다 결혼시키고 나서 꼭 다시
오겠다고 했어요. 아이를 스무 살까지 성장하는 것 보고 나서
오겠다는 것도 아니고, 결혼까지 시키고? 괜히 내가 억울한
거예요. 그 사람에게도 타이밍이라는 게 있을 것이고 그 사람이
원하는 정신적인 것들이 있을 텐데, 직장과 가족, 그리고 그에
따른 책임 때문에 하고 싶은 걸 하지 못하고 사는 거죠. 인도에
오고 싶었으니 오긴 와야겠고 한국 사회에서 휴가라는 개념은
뻔하고 하니 오긴 왔는데…… 그 사람이 떠나는 뒷모습을
한참동안 바라보는데 이상하게 억장이 다 무너지더라구요. 삶이,
인생이 그렇게 쓸쓸해서야 어디…….

　　또 하나는, 거기 나이 지긋하신 수녀님이 와 계셨어요.
명상을 하던 중에 울부짖으면서 뒹굴었어요. 가만히 앉아 있으면,
가만히 앉아서 자기 자신을 보려고 애를 쓰다보면 자연스럽게
끊임없이 질문이 파문이 되어서 들이닥치거든요. 그걸 막아내기가
참 그랬던 모양이에요. 수녀님은 몇 개월 와 계신 거였는데
다시 어디로든 돌아가지 않을 거라는 걸 옆에서 알 수 있었어요.
저도 눈물을 흘리면서 그 광경을 지켜봤는데…….

　　잠시 떠났으되 영영 돌아오지 않을 것 같은 여행, 있어요.
가서 돌아오지 말라는 말을 하려는 게 아니라, 그런 정도의
여행을 떠난 적이 있었다면 잘 살고 있는 사람일 거란 이야기예요.

하지만 모든 여행이 그렇게 엄청난 기억과 강도 있는
결과를 가져다주는 건 아니잖아요. 꽃으로 피어나 물들이는
여행도 있을 테고, 그냥 흘러가는 여행도 있을 테구요.

우리가 얼마나 동물인가를 알게 해주는 거, 그건 여행과 연애라고
생각해요. 나는 동물일 때 가슴 한가운데 어떤 문장이 지나가요.
맨 정신을 가지고 사람으로 사는 건 영 내가 아닌 것 같은 거죠.
문득 만나는 그런 상태, 동물적이면서 한편 인간적인 문장만
건질 수 있다면 여행은 성공한 거라 믿어요.

그동안 다녀온 여행지를 세어본 적이 있으세요?
대략 몇 개의 도시일까요? 그 수많은 여행지에서 어쩔 수 없이
12개 도시 혹은 장소만 추천해야 한다면 어디를 고르실 건가요?
작가님의 여행지 리스트가 궁금합니다.

언뜻 떠오르는 곳은 이탈리아의 베니스, 프랑스의 보르도,
러시아의 상트페테르부르크 정도가 떠오르네요. 다닌 도시는
글쎄요. 한 나라 당 다섯 군데만 잡아도 100여 개국을 곱하면
500여 도시가 될 거예요.
도시 이야기가 나와서 말인데, 도시는 걸어야 해요.
모든 여행의 기초가 그래야겠지만 걷지 않으면 그 도시를 오래
기억할 수 없어요.
우리나라도 좋은 데 정말 많아요. 언제 기회가 되면
어딘가에 소개할까 하고 휴대폰 메모장에 리스트를 정리하는
중인데, 제가 가본 곳 중에 추천하는 우리나라 가볼 데는……

시간은 우리한테 냉정하고
우리는 시간한테 애원하죠.

사람들이 알아보는 경우가…… 많지요.

아니에요. TV를 하지 않으니까 알아보는 사람, 거의 없어요.

TV는 의도적으로 안 하세요?

제가 그렇게 나설만한 사람이 못되어서요. 우선은 제 영상이
여기저기 돌아다니는 게 참 싫구요.

여행 프로그램은 물론 광고 제안도 많으신데 어떻게, 왜 안 하세요.

여행 프로그램에 나가게 된다면 제가 여행하는 스타일과는
완전 다른 형태겠죠? 그냥 혼자 하는 여행이 얼마나 좋은데
그 많은 스태프들과 함께 지내야 하고, 카메라 앞에서 의식해야
하고 하겠어요. 그러느니 그 시간에 혼자 여행을 하겠다는
주의예요.
　　광고는 우스운 게, 제가 광고를 하는 것 자체가 말이
안 된다고 생각해요. 웹 광고라서 재미있을 것 같아 모 카메라
광고를 한 적이 있는데 고개가 갸우뚱해지는 부분이 많았어요.
광고 제안이 오면 일단 그쪽에서 생각하는 출연료에 정확히
두 배를 불러요. 그럼 다시 연락을 하지 않지요. 광고업계에서
제가 두 배의 가치여서가 아니라 그렇게 해두면 자주 오던 연락이
점점 안 오게 되는 거지요.
　　저는 일단 즐거움을 주는 긍정적인 이미지에서 멀리 떨어져
있어요. 그리고 사람들이 어떻게든 알아본다는 건 분명 불편한
일이에요. 걷고 싶을 때 혼자 길을 걷는다는 게 때론 얼마나

고마운데 그걸 바꾸겠어요. 마구 돌아다니다가 지치면 아무데나 앉아 있어도 되고, 영화관이나 서점 같은 곳에 혼자 가서도 정말 그 시간을 제대로 보낼 수 있고 하는데 그 권리를 그 무엇과도 바꿀 수 없는 거예요.

그래도 누군가 알아본 적이 있었다면, 기억에 남는 일 하나만 이야기해주세요.

희한하게도 알아보는 사람이 있을 땐, 제가 상황 처리 능력이 없어서 빨리 지나가버렸구요. 이건 알아본 경우가 아니라, 음······ 아주 오래된 일이에요.

친구들하고 셋이서 어느 주점에 앉아 있었어요. 한 커플인 듯 보이는 남녀가 앉아서 두런두런 이야기를 나누는데 하필이면 내 이야기를 나누고 있었어요. 이병률, 이병률······ 내 이름이 자꾸 나오는데 신경이 쓰였겠죠. 고맙게도 여성이 나를, 나의 글을 너무 좋아한다는 식의 대화였지요. 나는 가만히 있었는데, 친구들이 그 소릴 엿듣고는 그쪽에 대고 이병률을 아냐고 물었어요. 안다고 대답이 되돌아왔지요. 그래서 만난 적은 있느냐고 물었더니 만난 적도 있다고 대답했어요. 짓궂은 친구들이 어떻더냐고 묻고, 어쩌고 하다가 앞에 있는 이 사람이 이병률인데 기억을 못하느냐고 했던 거예요. 그때 그 여성이 했던 말이 참 인상적이었어요. '거짓말하지 말라고, 내가 아는 이병률은 이렇게 안 생겼다'고······ 그러면서 일어서서 가버렸어요. (웃음) 환상을 갖는 건 자유죠. 막을 일도 아니고, 그렇다고 서운해 할 일도 아니죠.

아······ 뭐랄까. 아, 나는 꼭꼭 숨어 살고 싶다는 생각 등등 여러 가지가 교차했었어요.

이병률에게 '당신이 맘에 든다'는 것은 무엇인가요?

　　　　'내 시간을 기꺼이 내주겠다'의 의미겠죠.

이병률이 '당신'이라는 언어를 쓰면 다른 것 같습니다.
누구나 쓸 수 있는 말인데도 말이죠.

　　　　마종기 시인에게서 '당신'이라는 말을 제대로 배운 것이겠고,
　　　　허수경 선배한테서 '당신'이라는 발음을 좀 정확히 알았죠.
　　　　이성복 선생에게서 '당신'의 갈피를 조금 잡은 것뿐이고요.

이병률에게 여행이란 '시간을 벌어오는 일'이라고 했습니다.
'시간을 럭셔리하게 쓴다'는 것은 어떻게 쓰는 것일까요?

　　　　여행 가면 시간이 많은 편인가요? 없는 편인가요? 저는 많은
　　　　편입니다. 비행기 표만 끊어서 가기 때문이에요. 가서 숙소도
　　　　정해야 하고 혼자 두리번거릴 일이 많기 때문에 살짝 바쁜 것도
　　　　같지만 어느 한편 아무 계획도, 아무 할 일도 없어서 시간이
　　　　많습니다. 혼자 여행을 할 때 시간은 일상에서 느끼는 감각보다
　　　　두세 배가 늘어나는 걸 느낍니다. 삼사일 만에 일주일을
　　　　지내는 것 같은 기분.
　　　　　　　돌아와서도 '시간에 대한 감각'은 생활 속에 박히게 되죠.
　　　　시간도 의지에 따라서는 충전이 돼요.

맞아요. 작가님이 계시는 제주의 작업실을 찾아가던 날. 그 전날
서울에서 제주에 내려갔거든요. 다음날 오후 3시 약속 시간까지
일상에서 느끼는 감각보다 두세 배가 늘어난 저의 시간을
겪었어요. 여행이어서 시간이 많은 그 느낌이었어요.
곧 찾아올 작가님과의 만남이 고이기에 충분한 시간이었어요.
시간을 바라볼 수 있었던 시간이기도 했구요. 그러고 보니
자신을 소개하면서 "시간을 바라볼 줄 아는 나이가 되었으며"라고
쓰신 것을 보았어요.

시간이 얼마나 위대한지를 알게 되면서 아끼게 되지요.
시간은 참 많은 비밀을 가지고 있기도 해서 시간에게 잘해주기도
합니다. 나이가 있어서 가능한 일이겠지요. 시간은 불가능한
것을 가능하게도 해주지만, 또 시간은 어떤 관계를 쓸쓸하게
마감합니다. 시간은 알람으로 아침에 일어날 시간만 알려주는 게
아니라 그 밖에 많은 것을 알려줍니다. 그러니 시간 앞에서
숙연해지고, 또 시간한테 잘 보이고 싶지요.

끌리는 것 말고 반대의 것을 보라는 말, 시를 버리고 갔다가
시처럼 돌아오라는 그 '선배'의 말은 어떤 말씀이셨나요?

현실적인 것들에 부대껴서 도무지 시를, 잘 쓸 수 없다고
고백했어요. 투정 같은 것들이었죠. 내가 이렇고 이렇게 잡다한데
내 문제엔 내가 어떻게 가닿을 수 있단 말인가. 투정도 고백도
결국은 나한테 돌아오는 메아리 같은 것들이었죠.
　　　선배가 뭐라고 단단한 말을 해주었어요. 난 그 선배의
답을 따르겠다는 뾰족한 방법이 없었지만 선배가 내게 말해준

그 정도만으로 내가 조율할 수 있는 부분이 펼쳐지고 있다는 게
놀라웠어요. 선배는 나한테 길 하나를 제시했을지는 몰라도 결국
나한테 그 길은 여러 갈래 길이 되었고 차츰차츰 언젠가는 결국
하나의 길이 되어가고 있단 걸 알게 되었죠.

막강한 역할을 하는 분이네요?
꿈을 꾸게 하기도 하고, 꿈을 깨기도 하는.

　　나한테 '다 해, 다 해. 하고 싶은 거 있으면 다 해. 내가 책임질게'
라고 했던 사람은 평생 단 한 사람. 허수경 시인.

잘 사는 방법이 있다면 좀 알려주세요.

　　스무 살 이상 차이가 나는 친구를 만드세요. 위로도 물론이고
아래로도 물론입니다.

정말 스무 살 차이 나는 친구들이 있으세요?

　　네, 많아요. 문학하시는 어른들, 선배님들. 그리고 강연 다니거나
제 책을 통해서 인연이 되어 만난 젊은 친구들. 내가 어디를
얼마만큼 살고 있는지가 보이더라구요.
　　나이 때문에 친구가 될 수 없다면 슬픈 일이에요. 젊은
친구들한테서 반짝이는 어떤 신호 같은 걸 봐요. 나도 저렇게
반짝이는 때가 있었겠지…… 그 반짝거리는 아름다움이 고마워서
잘해주고 싶은 마음이 이는 거죠. 물론 나이 든 친구 분의 경우에도
마찬가지예요. 내가 살아가는 데 있어서도 이렇게 살라고, 또는

그렇게는 살면 안 된다고 반짝반짝 신호를 보내주는 거 같거든요. 위로 보이는 친구의 자격은 폭포 같은 경쾌함일 거고 아래로 보이는 친구들은 예로 들면 잔잔한 호수 같은 걸 거예요. 우리가 지나온 길을 더듬듯 잔잔히 호수를 바라본다면, 우리가 언젠가 뛰어내릴 폭포를 올려다보게도 되잖아요. 뜻밖의 지혜와 뜻밖의 에너지를 문득문득 만나는 일, 그 두 가지를 인생 내내 즐기는 거죠. 생각만 해도 좋네요.

폭포, 그리고 호수…… 가고 싶더라도, 보고 싶더라도
이구아수 폭포는 가지 말자고 쓰셨어요. 모든 것을 뺏길 것 같아서
가고 싶지만, 아직 가지 못한 세상의 어떤 곳이 있으세요?

콜롬비아에 가고 싶어요. 남극에도 가고 싶구요.

심정의 기복을 담은 색, 모든 것들이 아무 의미 없이 느껴지는 날,
가까이 두어야 할 색은 분홍이고, 배고픔과 마지막 소원의 색은
주황이라고 하였습니다. 그렇게 물들기 쉬운 사람 이병률에게 혼자
술을 마신다는 건 다른 색깔에 물들기 쉬운 상태라고 고백하셨어요.
그러나 혼자 술을 마시는 작업은 결국 색깔을 지우는 일일 텐데요.
그렇게 해서 지워진 이병률의 색은 과연 무엇일까요?

이상하게 들으셔도 상관없는데, 저한테는 '이병률 색'이라는
게 있어요. 잘 물들어서 잘 지워지지도 않을 것 같은. 그 색은
남한테는 안 보이겠지요. 굳이 색을 설명하자면 내가 만나고
좋아하고 사랑했고 했던 과거의 그 모든 사람들이 섞이고 합쳐진
색이요. 아, 이렇게 말하고 나니, 동화 소재 같은데요. (웃음)

어떤 사람이 되고 싶으세요?

같이 술 먹어보고 싶다는 소릴 듣는 친구가 있어요. 지윤근이라는 친구인데 그를 한번 만나본 사람들은 모두 그 이야기를 하더라구요. 술 한번 같이 마시고 싶은 사람. 그런 사람이 되어도 좋겠다는 생각을 했어요. 술을 잘 사는 사람이긴 하지만…… 나는 과연 남한테 있어 술 한 잔 하고 싶은 사람일까…… 그런 생각도 들구요.
또 그의 아내 하리다 역시도 사람들로부터 그런 이야기를 듣지요. 한번쯤은 만나보고 싶다고. 그런 거죠. 누군가의 호기심을 맛있게 자극하는 사람? 그 정도요. 호기심이라는 말이 나와서 말인데, 청춘의 한 시절, 누군가한테 저를 소개할 일이 있을 때 '호기심'이라는 말로 나를 소개하고 싶은 적이 있었어요. 그래서 외국어도 '호기심'이라는 말을 일찍 습득했지요.

여행지에서 이병률의 모습은요?
술 한 잔 같이하고 싶은 사람일까요?

나와 여행하는 사람은 알죠. 내가 얼마나 '어린' 사람인지를요.

또 어떤 사람이 되고 싶으세요.

또…… 오래 걸으면서 좋은 사람이 되고 싶다는 생각을 자주 합니다. 나한테, 걷는다는 건 몸의 것들을 소진시키는 의미가 아니라 '순환'시킨다는 의미였어요. 왠지 내 몸의 뭔가를 다 밀어내버리면 좋은 사람이 될 수 있지 않을까요. 하지만 이제는 뛰어야 더 좋은 사람이 될 것도 같은데 아직 난 뛰는 걸 잘 못해요.

이유도 간단합니다. 숨이 차니까요.

　　　　누구도 필요로 하지 않은 사람이 되고 싶기도 해요. 누구도
필요로 하지 않는 사람요. 혼자만 살겠다는 것은 아닌데 혼자의
힘으로 살 수 있다면 그것도 가치일 듯싶어요. 그러다 문득
그립겠지요. 사람의 온기. 어쩌면 사람의 눈길까지도. 그러다 결국
사람 때문에 함몰되거나, 사람 때문에 자유로워지거나 둘 중
하나일 테죠. 그래서 내가 중요하게 생각하는 게 '외로울 자유'예요.
외로울 자유, 그건 내게 절대적인 자유입니다. 외롭지 않고는
자유롭지도 않을 거니까 일단 외롭게 외로움을 끌어안는 수밖에요.

외롭게 외로움을 끌어안기. 미치겠네요…… 이병률이라는 사람을
생각하면 '늘 혼자 있는 사람'이라는 느낌이었는데…… 맞았어요.
하고 싶은 일, 언젠가 해야 할 일이 있다면요?

외국에서 오래 살아보는 일, 하고 싶어요. 이십대에는 2년을
파리에서 산 적이 있지만 제대로 살았다는 기분이 없어서요.
어학을 조금 해볼까 하는 마음도 있구요.

어떤 언어를요?

프랑스어나 중국어요. 프랑스의 보르도라는 도시를 최근에 알게
됐는데 거기서 무작정 한 일 년 있고 싶고, 중국의 좋아하는
도시는 중경이에요. 세 번 간 일이 있는데 여름에 정말 정말 더운
것 빼고는 풍물 같은 것이나 오래전을 살고 있는 듯한 느낌이
굉장해서 좋아하는 곳이에요. 하지만 그곳도 지금은 엄청
바뀌었겠지요. 인생의 중간 지점에 어느 정도 학생의 신분으로

살아보는 거, 그런 게 조금 필요하지 않나 하는 생각이에요.
나한테 학생으로 살았던 시간은 정말 짧았으니까요. 나중에 나를
돌아보면서 그렇게 생각할 것 같아서요. 정말 공부는 하나도 안
하고 살았다니까! 이렇게요.

하지만 어느 곳이든 살 기회가 있다면, 그런 기회가
주어진다면 살고 싶다는 생각이 강렬한 게, 이젠 여행자로
사는 것도 좋지만 어느 한곳에 조금 더 머물 수 있다면 다른 깊은
맛 같은 게 있을 거라는 기대가 있어서죠. 아무것도 안 하면서
살기보다는 언어를 배우고 산책을 하면서 그 도시의 길 이름을
하나하나 외워가는 정도면 좋겠어요. 그러면서 '이 도시는 내가
이렇게 여길 좋아하는 걸 알긴 알까?' 정도의 마음으로 그곳을
떠나는 거?

그냥 어딘가로 내던져지는 느낌으로 도착할 수 있는 곳이면
좋겠는데 그런 곳이 어디인지는…… 글쎄요.

늘 길을 걷는 자가 그 길의 언어를 배워 그 길 이름을 하나하나
외우는 모습. 길 이름을 안다는 것은 어쩌면 그 장소의 핵심을
아는 거라는 생각이 들어요. 파주출판도시가 있는 '문발文發동'도
고려시대 때부터 있었던 이름인데 '문자가 일어선다'는 뜻에 맞게
출판사들이 모여 있잖아요. 왕십리往十里도 왕이 있는 경복궁에서
그곳까지 왕복하면 십리라고 해서 생긴 이름이구요. 작가님이
여행지를 좋아하는 마음을 이름을 외우는 것으로 표현한 것은 그냥
불쑥 나온 게 아닐 것 같아요. 그 공간을, 그 장소를, 그 세계를
사모하는 마음의 발로인 거죠. 오늘까지 아무런 계획이 잡혀 있지
않았는데, 내일 아침 어디론가 훌쩍 떠난 여행도 있으셨나요?
그 '갑자기'를 이끈 힘은 무엇이었을까요?

그 전날 밤하고도 연관이 있겠지요. 그 전날 밤을 어떻게
보냈는지……. 예를 들면, 며칠 전 집을 돌아오다가 넝쿨장미를
봤어요. 정말 아무렇게나 피었는데 정말 장관이더라구요. 그래서
꺾었지요. 꺾다가 여기저기 긁히고 손가락은 찔리고 난리도 아닌
거예요. 장미는 꽃이 피는 시기엔 자기를 꺾지 말라고 가시가
더 날카롭잖아요. 그런데도 정말 들고 올 수 있는 만큼을 안고
왔어요. 다음 날 아침이 되면 내가 다른 세상에 와서 다른 행복을
마시고 있는 걸 느끼겠지 하면서 그 밤을 보내는 거죠.
　　　그것과 닮아 있어요. 왠지 이렇게 살아서는 안 될 것 같은
시기에 뭔가를 저지르죠. 꽃을 꺾고도 치유가 되지 않은 기분이
차를 몰게 하거나, 기차를 타게 하거나 해요.

마지막 질문입니다. '다음' 여행지는 어디세요?

백두산에 갑니다. 다녀오면 본격적으로 시를 쓰려구요.
다음 시집을 준비중이거든요. 최근 들어 '행복하다'는 생각을
한 적이 있는데 아마 나이가 갖는 자격이기도 하겠지만 그동안
너무 오래 행복과는 거리가 있는 삶을 살았다는 생각도 있어서요.
　　　역시도 '사람' 안에서 시를 쓰게 될 것 같습니다.
사람으로부터 겪은 일들과 아팠던 일들, 그리고 힘이 되었던
일들을 그리게 되겠지요. 더불어 인생의 긍정적인 요소를 많이
쓰게 될 것도 같습니다.

아마도 계속해서 여행을 하겠지요?

작가는 글을 쓰러 직장에 나가지 않아요. 세상 많은 것들을
마치 구슬처럼 튼튼한 실에 꿰는 직업을 살죠. 바늘과 실을
가지고 구슬을 찾는 직업의 사람이 작가입니다. 구슬의 크기는
저마다 다르고 색깔도 다릅니다. 그리고 구슬이 하나의 실에
꿰어졌지만 그 옆의 구슬에 영향을 받아 크기도 색도 달라질 수
있어요. 그리고 누구도 그 구슬 꾸러미를 보고 '하나'라고 말하지
않습니다. 보는 사람에 따라 조금씩 다르게 보입니다. 책 한 권을
읽은 사람이 열 명이라면 열 명 모두가 같은 느낌을 받지 않는
것처럼 말입니다.

지금 내가 인터뷰를 하고 있는 것도 역시도 제가 주워 모은
구슬에서 실을 잘라낸 다음, 쏟아서 흩어놓는 건지도 모르겠어요.
그 구슬을 다시 주워서 실에 꿴다면 이전과는 다른 순서와 배열이
될 것 같아서 이렇게 긴 인터뷰를 하고 있는 건지도 모르겠습니다.

맺으며

기회가 된다면 이병률 시인이 가봤다는 교토의 술집에서 다시 한 번
대화를 나누기를 원합니다. 기쁠 희喜, 행복 행幸, 일본말로는
'기코우きこう'라고 읽는 그곳에는 새벽 네 시에 가모가와 강에 나가
직접 잡은 민물고기 튀김을 안주 삼아, 술잔에 술을 채우고 작고 붉은
마른 고추 하나와 허브 한 장을 띄운, 그래서 작은 어항 같은
'긴교きんぎょ, 금붕어'라는 이름의 술이 있다고 합니다. 어디 그뿐입니까.
시인이 평생 가슴에 지닐 한 장의 그림이라고 감탄했던,
사시미(생선회)를 준비하는 할아버지와 그를 또 행복하게 바라보는
할머니의 다소곳하면서도 정중한 모습도 몰래 훔쳐볼 수 있다고 합니다.
시인이 그분들과 술잔을 기울였을 무렵 할아버지는 할머니의 나이가
여든 둘인지, 여든 하나인지 잘 모른다고 하셨다니, 저와 시인이 다시
그곳을 찾을 무렵에는 그 어스름한 나이가 조금은 늘어나 있을 것입니다.
무슨 상관일까요. 아무것도 셈하지 않고, 무엇도 바라지 않으며, 있는
그대로를 기쁘게 받아들이는 일을 배울 수 있을 텐데요.
　　　그와 짧게나마 몇 차례 만나 대화를 나누며 이런 바람을
품었습니다. 그가 반만 신뢰하는 사람이 되면 좋겠다고. 잘 왔다는
생각이 드는 곳, 다시 가도 아름다운 곳을 나도 갖고 싶다고. 그리고
그의 옆에 있는 사람들 가운데 한 사람이 되고 싶다고 말입니다.
이병률, 그는 '오래된 약속 같아 들여다보고 살고도 싶은 여전히
저 건너일 것'이니 아주 가끔 그의 옆에 있는 사람이 되고 싶습니다.
그의 눈앞에서 못다 한 말을 남기고자 합니다. 언젠가 교토에 가시거든
저를 데려가주시겠어요? 이 말은 당신을 좋아한다는 말입니다.
저의 시간을 기꺼이 내주겠다는 말입니다.

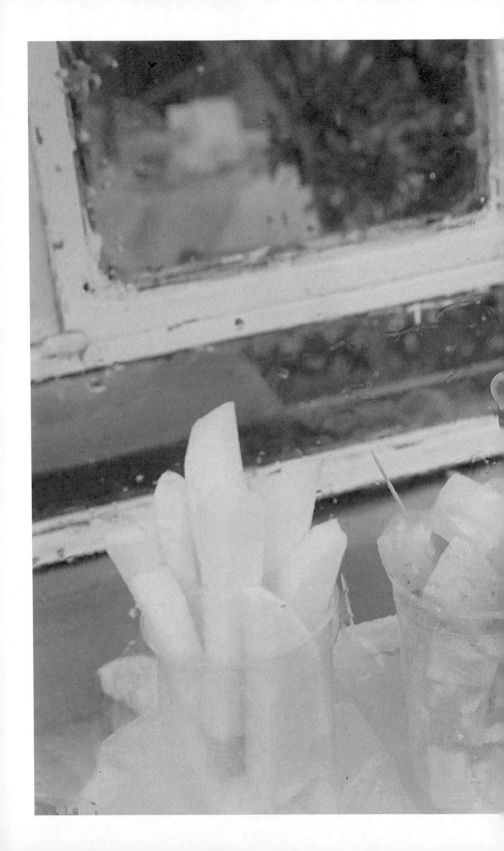

북노마드

© 어반라이